LES CONTES

DE

ZATTISE ZEQWESTCHEN

Eusébie BOUTEVILLAIN

Illustrations : Alain CATHERIN

Édition : BoD – Books on Demand, info@bod.fr

Impression : BoD – Books on Demand,

In de Tarpen 42, Norderstedt (Allemagne)

Impression à la demande

ISBN : 978-2-3221-2692-7

Dépôt légal : Juillet 2019

J'écris pour moi et pour le petit groupe de lecteurs qui pensent qu'il y a presque toujours dans un livre médiocre de quoi en faire un bon.

Alexandre de Tilly, Mémoires.

PROLOGUE

Une fin d'après-midi banale voyait s'annoncer un début de soirée banal. Oublieuse de son environnement, cette fin d'après-midi se disait qu'elle était contente que la journée se finisse parce qu'elle avait été mortellement chiante. « Comme d'habitude en fait », se prit à penser la fin d'après-midi. Sauf que voilà, une fin d'après-midi à Zattise Zeqwestchen n'est pas une fin d'après-midi comme une autre.

De même que la princesse, qui rentrait d'un pas allègre ce soir-là, n'était pas une princesse comme les autres. Point de tapisserie ni de broderie. Non. Cette princesse-là, elle bossait. Dans l'associatif. Pour l'évêque. Elle tentait de caser dans des familles, les enfants abandonnés ou tentait de leur donner une vie un peu plus décente en récoltant des fonds. C'était sa mission et elle y croyait. De même qu'elle croyait à un avenir radieux. Ouiche. Une princesse rêve de prince charmant. C'est ainsi. Elle a été élevée pour cela. Elle y a cru, une fois, a vite déchanté, mais pas suffisamment tôt pour s'épargner deux mouflets, désormais devenus grands. Encore une particularité de notre princesse : mère célibataire avec deux enfants. Peut-être que dans une autre contrée, sa situation aurait étonné, mais pas à Zattise Zeqwestchen. Non. Rien n'étonne personne dans ce bled. Encore moins une princesse autonome, qui, glissant, sur le pont-levis huilé par son aîné en pleine révolte, refuse de sortir des douves et décide d'attendre le prince charmant. On le lui a inculqué. Une princesse en danger est sauvée par un prince charmant. Faut juste être en danger et être une princesse. Regroupant les deux conditions principales, la princesse se mit en devoir d'attendre. Elle aurait pu appeler la garde à l'aide, mais c'eut été déchoir. Donc, elle se mit à attendre.

Le soir s'approchait, mais pas trop vite de façon à ne pas gêner la vue sur l'orée de la forêt, quand, soudain, sortie du néant, une ombre grandit et se refléta dans l'eau des douves. Pleine d'espoir, la princesse leva les yeux et grimaça quand elle vit en lieu et place d'un bellâtre, une femme, sans âge, cheveux hirsutes, robe, si tant est que ce fût une robe, sale et patchworkée.

– Ben ma jolie, heureusement qu'avec Julot on passait par là sinon tu y passais la nuit, dit la femme en tendant la main.

Mais la princesse, farcie d'idées préconçues, se mura dans son obstination et refusa l'aide.

– Allons bon, s'étonna Hexerine. Tu ne veux pas de mon aide ? C'est bien la meilleure !

Stupéfaite, elle se mit à faire les cent pas. Chez elle, la marche avait la faculté d'aérer le cerveau. Elle repéra l'huile sur le pont et se prit à sourire.

– Je vois. On a un petit con au château. Pas facile la vie d'artiste, hein ? Ça ne me dit toujours pas pourquoi tu ne veux pas de mon aide.

– Je suis une princesse, souffla agacée la princesse.

– Et pis ? Tu ne veux pas de l'aide des pécores ?

– Mais non ! C'est que ça ne se fait pas !

– Ça ne se fait pas ? Tu es une comique toi !

La princesse se mit à bouder. Soudain, la lumière se fit dans l'esprit d'Hexerine. Elle retourna à sa charrette en grommelant, farfouilla dans les sacs à l'arrière et revint sur les berges.

Elle planta une graine dans le sol, prononça les mots suivants ARAMSAMSAM ARAMSAMSAM OH GULLI GULLI GULLI GULLI RAMSAMSAM incantation incompréhensible pour tout un chacun voire pour elle-même et fit surgir du sol deux immenses racines qui relièrent les deux côtés de la berge. Elle prit, ensuite, quelques outils dans sa charrette et sculpta un escalier avec une main courante. Fière de son travail, elle se tourna alors vers la princesse :

– Bon. T'es une princesse, détail que j'avais oublié puisque tu bosses et que ce n'est pas commun. D'habitude, les gens comme toi, ça fait rien. Donc voilà. Tu as tout ce qu'il te faut pour sortir des douves. Absolument tout. Tu peux le faire seule, si, si ou attendre l'andouille qui ne viendra jamais vu qu'ici tu es à Zattise Zeqwestchen et que les histoires de princesse, ici, tout le monde s'en tamponne. Tu peux donc attendre et attendre. Ou tu peux accepter mon aide et sortir de la merdasse. Mais pour cela, il faut que tu me fasses confiance. Mais dans tes contes à toi, l'aide ne peut venir que d'un homme. Dans mes contes à moi, l'aide vient de toutes parts, notamment de soi. Mais bon. Tu fais comme tu veux. De toute façon, tu as pied.

La princesse tiqua.

– Oui ma jolie, tu as pied. Si en sortant, si jamais tu te décides à sortir, tu as froid, ma cabane est au fond de la forêt, tu la repéreras facilement c'est la seule cabane dans la forêt, la porte est tout le temps ouverte, tu rentres, tu te mets bien au chaud devant la cheminée pour te sécher et tu te reposes. Ce n'est pas un château de prince charmant, mais on y est très bien. Mais ça, c'est toujours pareil, on ne peut pas obliger les gens à faire ce qu'ils n'ont pas envie de faire, on n'est, cependant, pas obligé de les regarder se détruire sans rien faire non plus. En attendant, mon Julot et moi, on va s'en retourner finir nos emplettes et puis si t'as besoin, je te laisse mon nom, t'auras qu'à crier, où que je sois je t'entendrai parce que l'avantage du vieux, c'est qu'il a une très bonne ouïe.

Hexerine planta alors une petite pancarte avec écrit son nom dessus, fit un dernier petit signe à la princesse en rouspétant — que les princesses c'est vraiment toutes les mêmes et que c'est injuste que ce soit toujours elles les héroïnes des contes vu que ce sont des tartes — lança ARABI ARABI ARAMSAMSAM ARAMSAMSAM, sort puissant s'il en est pour emmerder le petit con parce qu'un petit con même dans un conte, ça reste un petit con et remonta dans la charrette tirée par son âne Julot

– Allez mon Julot, on va laisser la princesse avec ses histoires de prince charmant et de guimauve, de toute façon, cracha-t-elle, la guimauve, ce n'est pas bon pour les dents !

Une fois Hexerine loin, la princesse s'approcha et lut

« Hexerine, mariage, accouchement, dépeçage, embaumement, mise au tombeau, potions, onguents, sorts, menus travaux, E311, lécithine de soja, arôme naturel de vioque, peut contenir des traces de gluten, sauvetage en mer et autres causes perdues vu qu'il n'y a pas de mer dans le coin. Nous trouver : cabane au fond de la forêt, direction Zattise Zeqwestchen ou gueuler très fort. »

Arrivée à la cabane, elle laissa Julot faire les manœuvres pour se garer, puis descendit et commença à décharger sa charrette. Une fois le déchargement terminé, Hexerine se dirigea vers l'âtre afin d'inspecter le contenu d'une marmite. Celle-ci bouillonnait d'un liquide saumâtre dans lequel des objets non identifiés flottaient. Elle touilla un peu la mixture, porta une cuillerée à sa bouche et constata qu'il manquait comme d'habitude un œil-de-bœuf. C'était toujours pareil, à chaque fois qu'elle cuisinait, elle oubliait un œil-de-bœuf. Ce n'était pourtant pas ce qui manquait sur les étagères. Elle en avait des bocaux remplis ! Et pas que des bocaux d'œil-de-bœuf, non, non, non, elle a aussi des lézards, des grenouilles, des viscères, des on — sait — pas — quoi, mais que toute sorcière — ou prétendue telle – doit avoir dans son garde-manger, bref elle avait de quoi nourrir un régiment et soigner la région entière.

Parce qu'elle soigne aussi et pas seulement les problèmes de cœur, enfin surtout pas les problèmes de cœur. Il n'y a pas une fracture, une égratignure, une éventration, une lacération, un bouton qui aient le moindre secret pour elle. Et elle en a vu des éventrations et des lacérations ! Sans compter les accouchements. Alors ça, c'est dégueu. Alors qu'une bonne lacération ou une bonne éventration avec des tripes à l'air et du pus en prime, ça c'est formidable, c'est facile à soigner, c'est propre, c'est net, c'est naturel, c'est sain. Pas comme les vagissements d'un mioche gluant, gueulant comme un poulet qu'on égorge, rouge comme une écrevisse. Non, ça, elle n'aime vraiment pas. Surtout quand elle connaît d'avance l'avenir du mioche. Pas glorieux au vu de l'époque. Zattise Zeqwestchen ne connaissait pas la guerre, mais en subissait les conséquences : passage de troupes, augmentation des impôts. Parfois, une émotion populaire venait animer la région, mais dans l'ensemble le patelin était calme. L'Église avait la mainmise sur les âmes, décidait de ce que l'on devait penser et dire. Les seigneurs épuisaient les corps en corvées et autres taxes. Les hobereaux arrachaient comme ils pouvaient des parcelles de puissance. Bref, un village comme un autre qui survivait comme il pouvait. Elle faisait, aussi, ce qu'elle pouvait pour soulager la souffrance des femmes et des enfants. Et ce n'était pas simple dans un monde où l'honneur de la femme se limitait à pondre et à subir.

Elle était en train de ranger ses emplettes, déplaçant un bocal de-ci de-là, remplissant un autre au risque de déranger la quantité faramineuse d'araignées qui s'étaient installées et qui commençaient à monter un syndicat afin de défendre leurs droits de tisser leur toile où bon leur semblait et réclamant la création d'un parc naturel protégé pour qu'elle ne puisse plus détruire leur habitat. Les plus courageuses brandissaient des pancartes sur lesquelles elles avaient écrit « droit au logement » « ma vie ma maison » « CRS SS » « sous les bocaux la toile » « tous solidaires » « mort aux vaches » tandis que les autres lançaient des invectives et des mouches crevées dans sa direction. Quand, soudain, surgit Jeannot, lapin de son nom de famille.

– Ben, mon Jeannot ! C'est quoi tout ce tintouin ?

Jeannot tapait vigoureusement du pied soulevant une montagne de poussière qui se mit à virevolter avec agacement autour du lapin. « Merde alors, je m'étais bien installée », grondait-elle. Mais Jeannot n'en tint pas de cas et poursuivit son récit.

– Doucement, mon gars, articule un peu, tu vas trop vite.

Jeannot raconta ce qu'il se passait dans les douves.

– Aaaaahhh, fit Hexerine, le héros est arrivé.

Jeannot opina des deux oreilles. Il poursuivit :

– Il est descendu de son destrier blanc suivi de son écuyer. Se sont approchés des douves et… bordel ! Tu es sûr de ça ?

Jeannot confirma.

– Il est tombé dedans ?

– J'ai glissé chef, a-t-il dit.

– Ah, ben, là, elle n'est pas sortie de l'eau la blonde. Mais dis-moi, mon lapin, comment tu sais tout cela ? Ah ben, oui, je suis bête, tu tapines.

Jeannot confirma. Le tapin était le langage le plus vieux du monde employé par les animaux pour communiquer entre eux. Il sera, comme on le sait, supplanté par celui des morses, une fois l'Arctique découvert. Les lapins, du fait de leur rapide prolifération et de leur incroyable capacité à tapiner, étaient donc employés à la TSF — transmission sonore de la forêt — et informaient ainsi le reste des habitants des bois des dernières nouvelles.

– Et il fait quoi l'écuyer ? demanda curieuse Hexerine tout en lévitant pour ranger ses étagères.

– Il regarde, médusé, son maître planté dans les douves.

– Il ne fait rien ?

– A priori, il ne sait pas nager. Ah, une nouvelle de dernière minute : le cadet de la princesse fait des glissades sur le pont.

– Et la blonde ?

– Elle prend l'eau.

– Chacun sa croix.

Mais Jeannot n'était pas venu pour distraire Hexerine. Il avait été missionné par les animaux aquatiques des douves qui se plaignaient du risque de pollution et attendaient de notre amie qu'elle fasse quelque chose.

– Ben, vous êtes amusants. C'est une histoire de princesse, là, pas de « sorcière ».

Jeannot prit son souffle et tapina que un, elle n'était pas une sorcière ; que deux, si on attend le réveil de la garde ou une action de l'écuyer, on sera encore là dans cent vingt pages ; que trois, le fer et l'eau, ça fait pas bon ménage et qu'il est plus que temps de protéger la nature pour laisser un espace sain aux générations futures. Notamment, en arrêtant de prendre les douves pour une déchetterie. Hexerine souffla, puis se rappelant brusquement que les douves étaient habitées — et pas par n'importe qui — se décida à filocher en direction du château. L'écuyer du prince, au bord du gouffre, vit arriver Hexerine et Julot. Cette dernière s'approcha, scruta le fond des douves, huma l'air, observa la scène et se mit à marmonner

« Y' a pas trente-six façons de faire ». Elle s'éloigna de quelques pas et se mit à danser.

– I'm singing in the douves, just singing in the douves, now how feel is I feeel goog gnagnagnagnagnanana oh I feel good I will survive oooooooooooohhhhhhhhh a a a a a a a a a a a a a a a a a a staying alive, a a a a staying aliiiiiiivvvveeeeeeeeeeee.

Stupéfait et quelque peu effrayé, l'écuyer la regarda faire tout en restant le plus stoïque possible. La princesse, quant à elle, s'était appuyée sur une des racines et observait la danse de Saint-Guy de la vieille en se demandant bien ce qu'elle était en train de mijoter.

Tout en s'amusant de la situation. Oui, ça changeait du quotidien d'une princesse en somme. Même le gamin, qui était sorti en quête de sa mère et avait découvert le pont transformé en patinoire, avait arrêté ses cabrioles et observait la vieille en se disant que le monde des adultes était quand même vraiment un monde de dégénérés.

– Tadaaaaaaaaa, jeta la vieille en écartant les bras.

Devant le regard rempli d'incompréhension de l'écuyer, elle crut bon d'ajouter :

– Oui bon, ça, ce n'était pas obligatoire, mais je n'ai pas pu m'en empêcher.

Une fois sa démonstration de dance in the floor terminée, elle s'assit et commença à mâchonner un brin d'herbe. L'écuyer portait son regard de la princesse à la vieille et de la vieille à la princesse ne sachant quelle attitude avoir. Il s'assit donc et attendit aussi.

Au lointain, on entendit :

– HI HAN HI HAN HI HAN

Puis encore plus lointain :

– HAN HI HAN HI HAN HI

– Ça va plus être très long, marmonna la vieille.

Pendant ce temps, le cadet s'amusait comme un fou sur le pont.

« Regarde, je peux le faire sur les mains ! », « regaaaarddde tchong aïeuh », « et là ! sur les fesses ! ».

La princesse soupirait, non pas d'aise, mais de désespoir. D'accord, Zattise Zeqwestchen, c'était un autre univers, mais là, ça dépassait l'entendement. Une princesse en danger, un héros la sauve, ils se marient et c'est plié. Mais non ! Il a fallu qu'elle tombât dans ce bled. Un héritage soi-disant. Il était surtout clair que sa situation étant dérangeante, son père s'était débarrassé en lui refourguant la seigneurie la plus merdique qu'il avait sous la main. C'était une réussite. Les réflexions de chacun furent interrompues par l'arrivée d'une immense charrette conduite par deux hommes qui s'engueulaient.

– Je t'avais dit de ne pas prendre ce putain de bourricot, criait l'un.

– Et comment tu comptais aller au marché, crétin ! Tu veux tirer la charrette toi-même ? disait l'autre.

Ils allaient en venir aux mains quand ils aperçurent Hexerine les mains sur les hanches semblant les attendre.

– Bonjour Gros Robert, lança-t-elle joyeusement

– Bonjour, Hexerine, répondit Gros Robert.

– Bonjour Petit Larousse, dit-elle en s'adressant au plus gros des deux.

– Bonjour, Madame Hexerine, répondit le Petit Larousse intimidé. Faut dire, elle lui avait toujours foutu les j'tons, la vieille. On racontait tellement de trucs à son sujet ! Elle habite seule dans la forêt. Satan vient lui rendre visite. Elle mange du chat noir. Bref, elle est différente. Elle sait des choses. Et à Zattise Zeqwestchen, le savoir est suspect. Surtout chez les femmes.

– Bon, je vous explique le topo. Faut me sortir la boîte de conserve avant qu'elle rouille et qu'elle pollue les douves, dit-elle indiquant du pouce le prince la tête dans la vase.

– Comment c'est possible ? questionna ébahi Gros Robert.

– Il a glissé.

– Eh ben.

Les deux péquenots étaient épatés. Un prince dans les douves. C'était bien la première fois. Mais comme toute chose à Zattise, l'étonnement durait le temps d'une flatulence.

– Allez, sortez l'engin et montez-le.

L'écuyer, le cadet et la princesse, curieux, virent alors les deux gars sortir un amas de pièces de bois de leur charrette qu'ils commencèrent à assembler.

– Pièce A avec la pièce D, pièce B s'emboîte dans la pièce W… Putain elle est où ? Ah la voilà. Passe-moi les vis, non pas celles-là les vis C, pas les E ! Bon le fil rouge sur le bouton rouge, le fil blanc sur le bouton blanc… Putain, il reste des pièces ! Pff ! Faut tout recommencer !

En quelques minutes, assez longues il est vrai, la princesse vit s'élever devant elle un… gibet ! « Nom de Dieu », jura-t-elle, « mais qu'est-ce que c'est encore que ce délire ». Le gamin, lui, était aux anges. Une exécution juste en bas de chez lui ! Trop de la balle. En plus, les pendus il adorait ! Ça mettait longtemps à mourir, ça se balançait, ça changeait de couleur. Enfin, ce qu'il aimait surtout, c'était tirer avec sa fronde sur les corbeaux venus se repaître. Combien de fois avait-il réclamé un gibet à sa mère !

« Mais non, n'importe quoi qu'elle disait », « on n'est pas des sauvages tout de même et qui veux-tu qu'on pende ? », lui, avait bien pensé à son frère, mais il paraît que le fratricide ce n'était pas une bonne idée. Une fois plantée la base du gibet, les deux acolytes ajoutèrent un gigantesque panier à salade au bout du bras articulé.

– Dites, pour le panier, on prend lequel ? demanda Petit Larousse, histoire de ne pas faire d'impair.

– Vu le poids, je dirais celui de la grosse Bertha.

Les deux hommes approuvèrent le choix. Ils avaient trois types de paniers. Un pour les maigrichons, un pour les normaux et celui de la grosse Bertha. Taille maximale. Gros Robert et Petit Larousse étaient particulièrement fiers de leur invention. Elle était devenue nécessaire du fait du marais. Les pêcheurs s'étaient installés de l'autre côté de la rivière qu'ils devaient traverser pour venir au bled. Mais ne voulant pas faire deux lieues de plus pour aller au pont, ils passaient par le marais. Et donc, ils s'embourbaient. Bon, quand c'était des maigrichons, on pouvait les sortir de là facilement, mais quand ce fut la grosse Bertha, il fallut vingt hommes pour la tirer au sec. Hexerine suggéra donc une pince à épiler géante. D'où la machine. Un concours fut organisé que Gros Robert et Petit Larousse remportèrent. Quelque peu aidés par Hexerine et Mme Catherine. Depuis, deux hommes maniaient le treuil quotidiennement. Ça créait de l'animation et des emplois. Merci la grosse Bertha.

– Bon les gars, on n'a pas trente-six possibilités. Gros Robert, tu manœuvres les bras et toi Petit Larousse, tu gères le panier.

– Oui chef ! crièrent en même temps les deux nigauds.

– Un peu plus à gauche, non, encore, là à droite maintenant, non recule, avance, à gauche, à droite, à droite, à droite nondidjiou ! À DROITE ! Scrogneugneu ! Il ne sait pas reconnaître sa gauche de sa droite, s'exclama la vieille. Je rêve ! Ta droite, c'est l'opposé de la gauche !

Le visage de Gros Robert s'illumina. Hexerine, elle, soupira.

– On recommence. À gauche, à gauche, à droite, làààààà voilàààààà encore stoooooooppppppp. Le panier maintenant, voilà doucement, douuuuuuuucement, voilà, encore, encore, stoooooopppp. Allez, les gars, sortez-moi ce con de là !

SSSLUUUUUUUUURRRRRRRRP TCHOING

Et sous les yeux ébaubis de la princesse, du gamin et de l'écuyer, notre chevalier, pris en tenaille par le panier qui venait de se scinder en deux parties, sortit des ondes. Gros Robert et Petit Larousse déposèrent plus ou moins délicatement le chevalier.

BRAOUM

Oui, donc pas délicatement du tout. Il fuyait de partout et avait un peu de mal à tenir debout.

– Bon gamin, va chercher les ouvre-boîtes qui sont dans les sacoches du cheval.

Le gamin ne se le fit pas dire deux fois, trop content de ce qui se passait. Il tendit, sur un signe d'Hexerine, les outils à l'écuyer. Ce dernier se dirigea fièrement vers son seigneur et commença à lui retirer son armure. Hexerine se mit un tissu sur le nez et attendit.

– Pourquoi tu te mets un truc sur le nez ? demanda le gamin.

– Parce que ton chevalier « gaume » dans son armure depuis plusieurs jours voire semaines et que ça ne va pas être très joli à voir.

Entendant ces paroles, le chevalier s'offusqua et dit :

– Je KLONG, ne KLONG vous KLONG permets KLONG pas. Le heaume du chevalier ne cessait de lui tomber sur le visage, rendant toute conversation difficile.

– Ben moi, je me permets, le nargua-t-elle.

– C'est KLONG into KLONG lérable KLONG

– M'en tape.

Force fut de constater que le spectacle était affreux enfin surtout l'odeur. Gros Robert faillit s'évanouir tandis que le gamin se disait que jamais il ne porterait d'armure.

– Pourquoi ça pue autant ? questionna-t-il.

– Parce que ton chevalier, une fois dans sa boîte, c'est compliqué de l'en sortir. Il doit la garder sur lui tout le temps. Ya les conservateurs tu comprends, c'est « achement » important les conservateurs.

– Mais pas pour faire pipi quand même ?

– Non, il y a une trappe, mais vu l'odeur, je dirais qu'elle est bloquée…

– Ça veut dire que…

– C'est ça

Dépecé de son armure, le chevalier se sentit un peu démuni. Alors que son écuyer allait le rhabiller avec des habits neufs, la vieille s'insurgea :

– Non, mais vous n'êtes pas un peu dégueu tous les deux ! Faudrait p'têt nettoyer l'animal avant de le refourguer à la blonde !

Elle en profita pour choper trois putois qui passaient par là. Ces derniers s'offusquèrent de la chose, mais Hexerine leur fourra une pastille dans la gueule ce qui mit fin à toute protestation.

– Allez fous moi ton chevalier à poil, ordonna-t-elle.

Roméo protesta fermement, mais quand il vit Gros Robert et Petit Larousse arriver en renfort, il abandonna.

– Allez, allez, faut faire comme a dit la dame, ça fera pas mal, le cajola Petit Larousse, enfin je crois, ajouta-t-il dubitatif.

Roméo fit donc face à la vieille en cachant son attribut. Hexerine prit le premier putois, lui mit la gueule dans l'eau et appuya sur le ventre. Elle pompa et pompa et pompa jusqu'à ce que le putois ne ressemble plus qu'à une baudruche. Elle se tourna vers le chevalier, fourra la queue du putois entre ses dents, cala le ventre gonflé sous le bras droit et tapant du pied en cadence, pressa le ventre. Et à la stupéfaction de tous, un jet d'eau parfumé… parfumé ? Oui parfumé au citron sortit du fondement du putois et aspergea Roméo.

– Ce sont les pastilles qui parfument, dit simplement la vieille.

Hexerine fit de même avec le deuxième putois tandis que le gamin ayant pigé la manœuvre préparait le troisième. Citron, fraise et coca. Le tout renouvelé trois fois, car Roméo était resté dans son armure trois mois, dont deux avec l'ouverture de la vidange bloquée…

Le chevalier, maintenu fermement par Robert et Larousse, n'eut d'autre choix que de se laisser asperger d'eau parfumée. La honte, se pensait-il. « Je vais sentir bon ». Inquiète du silence ambiant, la princesse demanda :

– Vous faites quoiiiiiiiiii ?

– Sors de l'eau si tu veux savoir, lui répondit malicieusement Hexerine.

– Vous savez très bien que je n'ai pas pied, ronchonna la princesse.

La vieille soupira, « mais quelle tête de mule, ce n'est pas vrai ça » et continua le nettoyage du prince.

– Voilà c'est fini. Propre comme un écu neuf ! Alors mon gars, tu vas t'habiller, aller sur les berges et dire à ta Juliette qu'elle a pied. Comme ça, elle sort de l'eau et ce putain de conte est fini et je vais pouvoir aller ranger mes étagères ! Compris ?

Roméo acquiesça et tenta de retrouver un peu de dignité ce qui, on en conviendra, est particulièrement difficile quand on sent le citron-fraise-coca. Madelon, étonnée de ne pas voir arriver la princesse, se présenta alors sur le pont.

– Fais gaffe, ça glis…

Mais Hexerine n'eut pas le temps de finir son avertissement, que, patatras, la cuisinière, enceinte jusqu'au col, se vautra. Ce qui n'eut pas l'heur de plaire à l'enfant qui se mit à tambouriner.

– AU SECOURRRRRRRS, hurlait Madelon. IL VIENT !

C'est ça qu'Hexerine ne supportait pas. Les cris des parturientes. Aigus, inhumains et impossibles à arrêter. Le côté positif fut que, voyant sa cuisinière en danger, la princesse sortit de l'eau pour lui porter secours.

– Comme quoi, la valeur n'attend pas le nombre de sexes. Vous deux, dit Hexerine à l'adresse de Robert et Larousse, vous allez la soulever légèrement et la maintenir. Gamin, tu files à l'intérieur chercher des oreillers. Et le prince charmant, il peut aussi aider, ça ne lui fera pas de mal, et pis ça l'entraînera pour la suite, lança-t-elle en regardant Roméo.

– Je regrette, très chère Madame, mais un prince charmant ne sauve que les princesses en danger, pas les pécores, répondit dédaigneusement le prince.

Hexerine toisa le prince, mais ne pipa mot. Le regard que la princesse lança au prince fut suffisamment éloquent.

« Le conte prend l'eau », s'amusa Hexerine.

– Il faudrait l'emporter à l'intérieur, non ? suggéra la princesse

– Non, ma belle. Elle reste là. Julot, va me chercher la Catoche. Et fissa.

Julot partit au galop à Zattise Zeqwestchen. Il se demandait en chemin comment il allait convaincre la meilleure amie de sa patronne et matrone du bordel du village de le monter. Elle était mauvaise cavalière, le savait et plus butée qu'un âne. Bah ! Il verrait sur place.

– Oh putain, c'qu'elle est lourde, lâcha Petit Larousse, rouge pivoine sous l'effort.

– Pire que les barriques de bière du père Pinar, ajouta Gros Robert.

– Oui, mais au moins les barriques, on sait pourquoi on les porte. Pinar, il nous en file une p'tite gorgée, poursuivit Gros Robert, tandis que là…

– Tandis que là vous sauvez Willy et vous faites une bonne action, jeta Hexerine.

– Bouuuuuuuuhhhhh, j'suis grooooooosssse, gémit Madelon, qui malgré les douleurs n'en suivait pas moins le déroulement de la conversation.

– Évidemment que t'es grosse, répliqua Hexerine, t'es enceinte ! Bon, écarte les cuisses que je regarde.

– Mais non, mais non, dit doucereusement la princesse à Madelon et fusillant Hexerine du regard, vous n'êtes pas grosse.

– Oh, ben si, quand même, se permit Gros Robert.

Madelon s'exécuta, le ton d'Hexerine étant suffisamment explicite et vit cette dernière soulever son bliaud.

– L'est pas prêt. Elle posa alors sa main sur le ventre de la parturiente.

– Mmmmm, mmmmmmm, mmmm, mouais, mais moi j'ai toujours pas rangé mes courses.

L'écuyer chuchota à l'oreille de Gros Robert :

– À qui qu'elle cause ?

Ce dernier haussa les épaules n'en ayant pas la moindre idée. De toute façon, des idées, il n'en avait jamais et encore moins quand il avait un poids sur les bras. Certains l'ont sur le cœur, ben lui c'était sur les bras et il espérait que le mioche allait vite revenir parce qu'il allait lâcher. Pour un tonneau de bière il aurait tenu, c'est obligé, la bière c'est précieux, mais une femme….

Au grand soulagement de tous, surtout des deux atlantes, le gamin revint chargé comme une mule, très fier de lui en se demandant bien ce que la vieille allait encore faire de génial pour occuper la journée.

– Passe-moi les oreillers, gamin. Làààààà voilà, t'es pas mieux comme ça ? dit-elle doucement à l'adresse de Madelon.

Madelon acquiesça. Robert et Larousse soufflèrent et s'assirent par terre afin de reprendre des forces, car elle était tout de même vachement lourde ! Ils ne savaient pas combien y'en avait dedans, mais pas moins d'un quintal !

Hexerine remit la main sur le ventre.

– Mmmm, mmmmmm.

– Hum, ma mie, si nous rentrions ?

– Non. Madelon a besoin de moi.

– Mais, c'est… c'est…

Célimène

Mireille ta gueule.

Oui, parce que Mireille, l'abeille, faisait des jeux de mots, mais seulement le dimanche ! Elle s'en retourna donc vexée dans sa ruche. D'où le proverbe, tant va la ruche à l'eau que l'abeille finit par se barrer.

– On fait quoi ?

– On attend.

– On attend quoi ?

– La Catoche.

– Et c'est ?

– La tenancière du bordel, intervint Petit Larousse.

– La tenan… ?

La princesse était offusquée.

– Juge pas trop vite, ma belle. Tu ne sais pas ce que vivent les pécores.

– Peut-être, répondit celle-ci avec une pointe de mépris, mais je connais leurs enfants.

– Ceux des seigneurs.

– Non, l'association…

Hexerine la coupa

– Ton association est fondée par l'évêque. D'où crois-tu qu'ils viennent les gosses ? Tu crois que toutes les familles abandonnent leurs mioches ? Sérieux ? Que crois-tu que fait Roméo quand il est parti. Il est sobre, sage, fidèle ? Dans les contes de fées, oui.

La princesse ne chercha pas à contredire Hexerine. Elle se doutait de tout cela, mais ce n'était pas une conversation à avoir. Enfin, disons que jusqu'à présent, elle n'avait jamais eu d'interlocuteur sensé pour en parler. Tout le monde attendit donc.

AAAH MOOOOINNNNSSSSS VIIIIIIITEE AHHHHHHHH

Hexerine fit un clin d'œil à Madelon.

– La fin approche.

AAAAAAAHHHHHHHHHHHH BOUM

Mme Catherine atterrit brutalement sur le sol, se releva tant bien que mal, se redressa comme elle put et réajusta son bliaud.

– Merde, Julot, tu aurais pu aller moins vite, dit-elle en se recoiffant.

– Eh ben ma belle, tu as toujours autant de mal à tenir à cheval, la taquina Hexerine hilare.

– Pfouf, moque-toi va ! Vu la vitesse de pointe de Julot, que j'arrive en un seul morceau est un exploit, j'ai bien cru finir disloquée au croisement, pouffa Mme Catherine tapant la bise à Hexerine. Bon alors, c'est quoi l'urgence.

– Tadaaaaaa, dit Hexerine cédant la place à Mme Catherine et montrant Madelon avachie, les jambes écartées.

– Tu te fiches de moi, Hexerine, rouspéta Mme Catherine. Tu n'as pas besoin de moi pour ça !

« Aïe aïe aïe, se dit Petit Larousse, elle va se faire déchiqueter par la vieille »

– T'as raison, je te fais venir en urgence pour des pruneaux.

– D'Agen

–…..

– Rien, laisse, c'est Mireille, elle se croit dimanche. Madelon a besoin d'une césarienne et tu sais que je ne sais pas coudre…

– Comment tu sais que c'est une césarienne ? questionna Mme Catherine.

– J'ai demandé au mioche.

– Ah ben oui, suis-je bête. Dis donc, tu me présentes ? proposa-t-elle, constatant qu'elles n'étaient pas seules.

– Le prince et la princesse. Le gamin. Et les deux péquenots que tu connais déjà. Et, là, c'est ma copine, Mme Catherine.

– D'où, il sort le prince ?

– Du conte.

– Merde alors.

– Oui.

– Il ne sent pas un peu drôle ?

– Citron-fraise-coca.

– Ah quand même.

– On ne pourrait pas aider Madelon, là, s'agaça la princesse.

– Mais bien sûr, fit aimablement Mme Catherine. C'est pas tout ça, mais il va falloir faire place nette ! lança à la cantonade Mme Catherine. Allez zou les tourtereaux, on rentre, Robert et Collins, on se range sur une étagère…

– Larousse, la coupa Petit Larousse.

– Ah oui c'est vrai pardon, je te confonds toujours avec ce con de rosbif.

Soudain, Madelon poussa un hurlement.

– C'est parti, dit calmement Mme Catherine. Gamin, tu rentres avec ta mère, ce n'est pas un spectacle pour toi.

– Mais j'ai déjà vu des morts, opposa-t-il.

– C'est pire gamin, crois-moi, dit Hexerine. Bien pire. Ça n'a pas de fin, t'en prends pour perpète alors qu'un mort, c'est mort. Et c'est tant mieux.

– Pfouuuuuuu, c'est toujours pareil, on ne peut rien faire dans ce bled, maugréa-t-il.

– Si tu es sage, je t'emmènerai disséquer des cadavres, lui dit Mme Catherine pour calmer la colère. Nous t'emmènerons, Hexerine et moi.

– Eh, pourquoi moi aussi ? s'insurgea cette dernière.

– Parce que tu sais très bien que je me trompe toujours une fois que c'est ouvert. Et il ne faut pas apprendre des choses fausses aux enfants, après ils ne font que des carabistouilles. Regarde les contes de fées.

Madelon sursauta.

– Non, non, ne vous inquiétez pas, je me trompe sur les noms, c'est tout, détendez-vous ça va bien se passer, la rassura Mme Catherine.

– Ou pas, murmura Hexerine, Ouch – ce qui lui valut un deuxième coup dans la cheville.

– Vrai de vrai ? cria plein d'espoir le gamin. Vous ne mentez pas comme les autres grandes personnes ?

– Oui promis, vrai de vrai. Morue salée, morue séchée, fait toujours péter, dit Mme Catherine, la main sur le cœur. Hexerine, crache s'il te plaît, pour confirmer la promesse.

– Et pourquoi c'est moi qui devrais cracher vu que c'est toi qui promets ! contesta Hexerine.

– Parce que tu as toujours su cracher alors que moi non.

– C'est vrai ça, dit fièrement Hexerine. Allez gamin, donne-moi une cible.

Le gamin prit le temps de la réflexion. Fallait pas un truc facile. Non, un truc difficile pour faire de la promesse une réalité. Il vit le prince…

– Sur la cotte du prince !

Hexerine regarda le couple qui s'éloignait lui tournant le dos, fit un rapide calcul « vitesse du vent, moui, selon Thalès… d'après Pythagore… le reflet. » et cracha. Un gigantesque mollard vola en direction du prince, heurta le chambranle de la porte, rebondit sur les chaînes du pont-levis, ricocha sur la tête d'une grenouille qui passait par là, fit un demi-tour serré et atterrit sur la cotte du prince.

– Joli coup, dit Mme Catherine admirative. Moi, il serait tombé sur mes brodequins !

– Question de motivation, sourit Hexerine.

– Non, mais quand même t'es adroite, reconnut Mme Catherine.

– Mais, mais, qu'est-ce ma mie ? Un mollard ? On m'a mollardé dessus ! À l'assassin, à moi, à moi, gaaaaarde, aux armes citoyens, formez vos bataillons, sus à l'ennemi, on m'a mollardé dessus, cria le prince.

– Mon aimé, tenta la princesse afin de calmer l'ire princière, ce peut-être un oiseau…

– Un oiseau, vous vous foutez de moi ! hurla le prince, puis voyant le regard courroucé de sa mie, il se reprit, hum, hum, voyons ma mie, une fiente pue, là, ça pue pas.

– Mais, insista la belle, votre écuyer est derrière vous, les gardes sont dans leur salle qui aurait pu…

Face au silence du prince, la belle, d'un coup, comprit :

– Vous ne pensez tout de même pas…, s'offusqua-t-elle.

Ne pouvant accuser la princesse ni son écuyer qui était derrière lui, ne voyant aucun garde sur le chemin de ronde, et sentant poindre sur lui les regards rigolards des péquenots du coin, le prince reprit contenance, offrit derechef, et avec ostentation, son bras à sa dulcinée, très appétissante, mais quelque peu refroidie – et ce n'était pas à cause de l'eau – et entra dans la cour du château.

– Tope là gamin !

Le gamin topa et courut derrière sa mère en se disant que c'était vraiment une très, très belle journée que cette journée.

– Bon assez rigolé. Hexerine, on y va.

– J'aime pas…

– Je sais, mais on y va quand même. On ne va pas la laisser six mois les jambes écartées à côté des douves non ? Elle va prendre froid. Les garçons, éloignez-vous.

Gros Robert et Petit Larousse obéirent, trop heureux de s'épargner la vue de la boucherie parce qu'ils en étaient sûrs, ça allait être une boucherie. Mme Catherine se lava les mains avec un onguent et souleva le bliaud de Madelon jusqu'à la poitrine. Elle entreprit alors de rassurer la future mère :

– Je vais faire une légère incision à la verticale, comme ça, pas trop large, sortir l'enfant et recoudre au point de croix. Ça risque de piquer un peu au début, mais ça va passer. Vous verrez, je maîtrise.

– Elle maîtrise, confirma Hexerine. Moi je recoudrais au point compté.

– Oui, mais toi, tu ne sais pas coudre…

Madelon très inquiète vit Mme Catherine la badigeonner d'un produit orange.

– C'est pour délimiter la zone à couper, expliqua – t-elle. Je n'ai pas toujours l'œil.

– Là t'es un peu haut, descends plutôt vers la partie arrondie, suggéra Hexerine. Sinon c'est le cœur que tu vas ôter.

– Ah oui merde. Je me suis entraînée tout le matin à retirer des cœurs, c'est pour ça, s'excusa Mme Catherine.

– Réflexe de Pas de bol, très connu dans la profession, expliqua Hexerine à la parturiente de moins en moins rassurée.

– Voilà. Bon, vous allez serrer le bâton de réglisse avec vos dents, mordez dedans s'il y a besoin. C'est parti.

– Attends ! T'as pas autre chose que de la réglisse ?

– Dis donc je suis partie un peu précipitamment, je te ferais dire !

– Ben oui, mais c'est dégueulasse la réglisse, c'est comme la guimauve. Ne bouge pas.

Qnfciozeifaviupherfr ifju plus tard, Hexerine revint avec dans les mains du pop-corn.

– Ah ben forcément, si tu m'avais laissé deux minutes de plus au micro-ondes, moi aussi j'aurais amené du pop-corn !

– Allez, mange ça, c'est bon pour ce que tu as, dit Hexerine en donnant le seau à Madelon.

La césarienne commença.

– Couteau.

– Couteau, répéta Hexerine

– Pince.

– Pince.

– Écarteur.

– Écarteur.

Mme Catherine écarta les chairs, puis les viscères.

– Là c'est le, c'est le ? questionna Hexerine.

– Sternum ?

– Concentre-toi, nom d'une pipe, la gronda Hexerine.

– C'est utile ce machin ? demanda Mme Catherine.

– Oh ben oui quand même, c'est le foie, répondit Hexerine.

– Ça sert à quoi ? Parce que, franchement, je trouve que c'est un peu moche et que ça gêne le paysage.

– Je ne sais pas à quoi ça sert, mais ça sert. Y' a des gens qui y croient.

– Donc je le laisse ?

– Dis donc, t'es pas un peu maniaque du rangement toi ? C'est pas ton ventre, alors laisse les trucs où tu les as trouvés et sors le mioche ! s'amusa Hexerine.

Madelon avait presque terminé son paquet de pop-corn quand sortant le bébé du ventre de sa maman, Mme Catherine s'exclama :

– Mais que voilà une jolie pucelle !

Jolie, jolie, Robert et Larousse étaient plutôt écœurés. Rouge, couverte de sang.

– On dirait un grumeau, souffla Gros Robert.

– Et putain qu'est-ce que ça gueule, lui répondit Larousse à l'oreille.

– Tu m'étonnes, on dirait qu'on l'égorge.

– Clé de douze, commanda Mme Catherine.

– ??????

– La clé pour recoudre. Celle à douze points.

– Que douze ? Bah, ça va tenir ?

– Mais oui ! Je vais faire un ourlet là sur le côté et un autre au-dessus.

– Ah oui, douze, ça suffit. J'suis vraiment nulle en couture. Clé de douze

– T'es pas nulle en couture, ça t'a jamais intéressée, dit Mme Catherine.

– C'est vrai.

– Chalumeau.

– Chalumeau.

Après un temps qui sembla une éternité, Madelon tint, enfin, dans ses bras son nouveau-né.

– Je suis censée dire quelque chose non ? osa-t-elle timidement.

– Non c'est pas nécessaire, répondit Hexerine, tous les mioches sont moches à la naissance, le choc est normal… Ouch

Mme Catherine, toute à sa couture et à ses soudures, donna un coup de coude dans les côtes d'Hexerine : « on ne dit pas ça à une jeune accouchée »

– Ben on dit quoi alors ?

– Que l'enfant est beau, bien portant, un truc positif quoi.

Hexerine observa l'enfant : « et quand c'est aucun des deux »

– Qu'il a des airs du père ou de la mère.

Mme Catherine leva les yeux sur l'enfant, médita un instant « ou on ne dit rien ».

– Et voilà, recousue ! Je repasserai demain pour vérifier les soudures, dit-elle en se relevant. Allez faut que je me rentre, les filles m'attendent pour les devoirs. Excuse-moi mon Julot, je t'aime bien, mais les atterrissages incontrôlés en plein Zattise Zeqwestchen, je préfère éviter. J'ai une réputation, tu comprends.

HI HAN HI HAN

– T'es trop mignon. Bon, les garçons, vous me redéposez ? dit-elle attroupant ses affaires et donnant une dernière caresse à Julot.

Mme Catherine fit un dernier petit geste affectueux en direction d'Hexerine puis monta dans la charrette de Robert et Larousse. Hexerine prit Julot par la bride et retourna à sa cabane.

Le soir tombé, la princesse se promenait sur le chemin de ronde. Elle aimait bien ce moment, à elle seule. Elle venait de faire son quatrième tour quand elle aperçut venant de la forêt des volutes de fumée rose, verte, jaune. Elle s'arrêta et fixa la fumée.

– Z'inquiétez pas princesse, c'est la vieille qui doit préparer des potions, la rassura un garde. C'est souvent qu'on en voit.

La princesse sourit au garde. Alors qu'elle allait rentrer, la main posée sur la poignée de la porte, elle se retourna, jeta un dernier regard vers les volutes, et d'humeur mélancolique, soupira.

L'ATTAQUE

Un lendemain reste un lendemain et souvent, d'un lendemain à l'autre, il est le même, mais pas à Zattise Zeqwestchen. Non pas là.

Au chant du coq, le monde s'éveille, chacun se prépare pour ensuite vaquer à ses occupations, mais à Zattise Zeqwestchen, ça ne fonctionne pas comme ça. Parce qu'en ce village qui résiste au quotidien de peur de s'emmerder, il se passe toujours un truc qui va animer la journée et qui la rend différente de la veille et de la prochaine. Mme Catherine allait ouvrir le bal. Le sablier avait écoulé son temps. Suzy, bras droit et gauche de Mme Catherine, se dirigea vers la cloche installée au rez-de-chaussée et l'agita. Au son de cette dernière, Mme Catherine s'étira et sortit de son bureau, situé au premier étage de son bordel. Il était six heures comme tous les matins depuis la nuit des temps. Les portes des chambres du premier étage s'ouvrirent les unes après les autres laissant place aux clients puis aux pensionnaires de la maison de tolérance de Zattise Zeqwestchen. Mme Catherine aimait ce moment où ses filles retrouvaient leur liberté. Tous les matins, elle était là au premier à s'assurer du bon déroulement du rituel matinal. Sapho ouvrait toujours la première. Vêtue à la grecque, elle raccompagnait sa cliente et faisait un petit signe à la patronne. Puis, c'était Esméralda qui quittait sa nef avec son client en envoyant un clin d'œil à la patronne.

– Mais c'est pas vrai ! Combien de fois on t'a dit de ne pas faire de clin d'œil à Mme Catherine en sortant de ta chambre ! rouspéta gentiment Sapho alors qu'elle récupérait Esméralda avant qu'elle ne tombât dans les escaliers.

– Tu lui fais bien un petit signe, toi, geignit Esméralda se frottant le front.

– Oui, mais moi j'ai mes deux bras, toi tu es borgne, je te rappelle !

– Oui bon ça va, souffla la sainte Rita du bordel.

Chaque fille avait sa spécialité. Sapho, venue d'Onnesaizoù : les filles, par choix, pour se différencier, par parité ; Esméralda, arrivée de Paris : les moches et infirmes, par mimétisme ; Mélissandre, débarquée de Bretagne : les givrés, passéistes et un peu mytho ; Gudrun, venue par Drakkar Express du Grand Nord : les grands et les gros. En même temps son choix était limité à sa propre carrure : deux mètres sur deux mètres, il fallut même agrandir les encadrements de portes pour elle ! Au début, elle prenait les clients comme ils venaient, mais un jour elle en perdit un, absorbé qu'il fût par la géante. Les filles mirent deux jours à le retrouver et à le sortir de là ! Depuis, pour éviter la perte de temps et d'argent, les filles s'étaient réparti les clients. La dernière arrivée était Dadou. Noire comme le jais, elle avait été kidnappée par un croisé qui trouvait qu'elle serait jolie dans le salon blanc de son château à côté d'une Mauresque, d'une Esquimaude et d'un lapin angora nain. Seulement, jouer les planctons dans une salle gelée hiver comme été, c'était fort peu épanouissant. Du coup, elle s'était sauvée à la nuit tombée se servant ainsi de Mère Nature comme camouflage. Elle s'était vendue elle-même à Mme Catherine lorsque la renommée de cette dernière parvint jusqu'à ses oreilles. Dadou apportait de l'exotisme dans le bordel. Elle était indifférente aux clients, « peu importe le vit pourvu qu'on ait le pognon », répétait-elle à l'envi. C'était le chat noir de la maison, conquis par un être humain de même couleur, qui choisissait le client. Ce dernier devait passer un examen d'entrée validé — et dieu sait que c'était difficile vu la bande de demeurés qui habitait Zattise Zeqwestchen — par un ronronnement.

Comme devant la Pythie, ils devaient poser une question « Dadou ronron ? ». Si le chat ronronnait, le client était adoubé et passait un fort agréable moment, sinon il était voué aux Gémonies.

Anciennes nonnes formées par l'Inquisition, elles s'étaient installées à proximité de la maison de tolérance et récupéraient tous les pécheurs recalés à l'examen « chatistique ». Les pauvres gars devaient se supporter la lecture de la Bible jusqu'à plus soif et assister aux messes. Beaucoup finirent desséchés et ne revinrent plus jamais au bordel ni à la vie d'ailleurs. Mme Catherine était, au début, un peu réticente à l'idée de refiler les clients moisis aux Gémonies. D'abord parce qu'offrir de la nourriture avariée, ce n'était pas très moral et ensuite parce qu'elle trouvait la punition cruelle. Supporter complies et ses potes au milieu d'ex-taulardes du Christ qui chantaient faux comme des scies à métaux, c'était vraiment l'Enfer et encore l'Enfer, c'était plus sympa. Mais elle se rendit vite compte que les recalés étaient systématiquement ou des pervers ou des violents avec leur épouse, alors finalement c'était un prêté pour un rendu.

Yselda et Adalinde clôturaient la liste des catins. Elles étaient les seules à ne pas en être. À les voir descendre main dans la main en direction des bains, Mme Catherine sentit une bouffée de sentimentalisme lui monter au visage. Yselda et Adalinde. Tombées du ciel. Enfin, ce jour-là c'était plutôt Mme Catherine qui était tombée de son canasson.

Du haut de leurs quinze ans, elles avaient décidé de chercher du travail dans le bourg voisin de leur ferme, Zeskoilafin. Proche de Zattise Zeqwestchen, Zeskoilafin devait sa richesse au dénoyautage d'olives, fort prisées dans la région, mais de plus en plus mises en concurrence avec des pataouètes importées de contrées fort lointaines, au moins à une journée de marche et qui faisaient la richesse des patrons de café. Devenues orphelines depuis le passage d'une bande de pillards, les deux sœurs avaient le choix entre se marier aux pékins du coin ou se faire un pécule et épouser le prince charmant. À choisir…

Ce jour-là, elles se rendaient à Zeskoilafin et rencontrèrent le bourgmestre. Avide et cupide, il comprit très vite l'usage qu'il pouvait faire des jumelles et allait leur offrir, gîte, couvert et plus sans affinités quand Mme Catherine s'échoua aux pieds des jumelles.

– Aïeuh, dit-elle en se relevant et en comptant ses côtes. Maudit canasson.

Un rire franc et jovial accompagna la chute.

– Laisse ce canasson tranquille, rigola Hexerine. Lui, il tient sur ses guiboles !

Mme Catherine sourit et s'excusa d'être tombée de façon si inopportune.

– Je suis navrée de cette arrivée fort peu élégante.

– J'ai toujours dit que les femmes n'étaient pas faites pour conduire.

Mme Catherine, toisa l'importun, mais se contint devant tant de muflerie. Elle se tourna vers les jumelles et leur sourit.

– J'espère ne pas vous avoir heurtées ?

Les jumelles firent un geste de dénégation et lui rendirent son sourire.

– Bien, si vous voulez nous excuser, dit le mâle.

– Mais bien entendu, répondit Mme Catherine au bourgmestre sans le regarder.

Prise d'une soudaine curiosité, Hexerine demanda :

– On peut savoir ce que deux pimprenelles font à cette heure, seules sur la route ?

La question avait effleuré Mme Catherine. D'autant qu'elle avait un sixième sens pour repérer les saligauds.

– Nous cherchons du travail et le sieur nous en proposait.

– Du travail, tiens donc, fit une Hexerine encore plus soupçonneuse. Et vous leur proposez quoi ?

– Cela ne vous regarde en rien !

– Je crois que si, intervint Mme Catherine. Que vous a-t-il proposé ?

– De venir chez lui.

– Vraiment ?

– Mais en tout bien tout honneur ! s'offusqua le bourgmestre qui sentait qu'il venait d'être pris.

– Tout dépend de l'honneur de qui on parle, marmonna Mme Catherine.

Les jumelles étaient plutôt jolies, la fleur à venir s'annonçait des plus prometteuses. Le bourgmestre, lui, ressemblait à un bourgmestre, rougeaud, court sur pattes et un peu suintant.

– Non, trancha Mme Catherine décidée.

– Comment ça non ? s'indigna le bourgmestre. Quoi, non ?

– Votre tronche ne nous dit rien qui vaille, ajouta Hexerine en guise d'explication. On embarque les gamines. Sur ces paroles, elle siffla le cheval de Mme Catherine.

– Je vous demande de vous arrêter ! cria le bourgmestre.

– J'en ai rien à cirer, répondit Hexerine.

Mme Catherine poussa tout doucement les jumelles vers le cheval.

– Allez, allez, montez, dit-elle.

– Mais vous ? osa timidement Adalinde.

– Oh tu sais Catherine et les chevaux, c'est pas franchement compatible, se moqua Hexerine.

– Hexerine a raison. Je vais marcher à vos côtés en tenant la bride. C'est plus sûr. Mon postérieur ne supportera pas une autre chute aujourd'hui !

Rassurées et en confiance, les jumelles montèrent en selle et se laissèrent guider. Le bourgmestre allait appeler le guet, crier au scandale, que deux folles enlevaient deux jeunes filles égarées quand Hexerine fit un petit signe à Julot. Ce dernier fit un créneau et, ni une ni deux, envoya un coup de sabot bien senti là où il fallait.

– Ça, c'est pour tentative de détournement de jeunes filles en fleur ! lança Mme Catherine.

– Bien joué, mon Julot, dit Hexerine en gratouillant son âne entre les deux oreilles.

Sur le chemin, les jumelles, dociles, se laissaient bercer par le bavardage d'Hexerine et de Mme Catherine.

– Bon, on en fait quoi des deux pimprenelles ? finit par demander Hexerine à son amie.

– Sainte Rita, répondit Mme Catherine.

Hexerine soupira. Elles mirent plus de temps que prévu pour arriver au couvent de Sainte Rita.

– Et ben fait chier, y'a pas que les causes qui sont perdues ici, mais le couvent aussi. Putain de trajet, jura Hexerine.

– Hexerine, ton langage, la tança Mme Catherine.

– Oui oh ben, les jurons, c'est bon pour le moral.

Mme Catherine sonna la cloche de l'austère couvent.

– Et ben c'est gai, dit Hexerine en observant les murs défraîchis et gris et en faisant craquer les os du dos. Ça donne envie. Doit y avoir que des désespérées là-dedans.

– Hexerine !

Le judas de la porte s'ouvrit.

– C'est pourquoi ? dit une voix d'un ton revêche.

– On vient livrer, répondit Hexerine.

Mme Catherine fit les gros yeux à Hexerine et dit :

– Nous venons confier à votre noble institution deux orphelines.

La porte s'ouvrit en grand. Une cornette apparut et dévisagea les jumelles.

– D'où qu'ça sort ? dit la cornette.

– De la cuisse à Jupiter, s'énerva Hexerine. Elle n'avait jamais pu sentir les frangines, toujours à se croire au-dessus de la nasse. Des pécores, oui.

– Hum, elles ont perdu leurs parents et ont besoin d'une bonne instruction.

La cornette ne bougea pas. Les jumelles s'étaient laissé guider et suivaient avec un certain amusement la discussion. Elles ignoraient pourquoi, mais elles avaient une confiance absolue dans la décision des deux femmes. Mme Catherine leur avait expliqué que Sainte Rita éduquait les jeunes filles pauvres et leur apprenait tout un tas de métiers leur permettant ensuite d'être autonomes dans la vie. Enfin, c'est ce qui se disait parce qu'elle n'avait jamais rencontré une seule des pensionnaires de Sainte Rita avec un travail à la sortie. « Mais au moins, ici, elles seront à l'abri », tentait-elle de se convaincre.

– Ça rend sourd la cornette, on dirait ? questionna Hexerine.

Mme Catherine haussa les épaules.

– Ma sœur, pouvez-vous au nom de notre Saint Christ prendre en charge ces deux enfants que voilà ? insista poliment Mme Catherine.

La cornette ne bougeait toujours pas. Hexerine s'impatientait.

– C'est que, commença la nonne, au prix où vont les choses…

Mme Catherine comprit. Elle se dirigea vers le cheval et sortit une bourse bien pleine d'une des sacoches. La cornette sourit de toutes ses deux dents.

– Charité bien ordonnée commence par soi-même, hein ? marmonna Hexerine.

Ravie de la somme, la cornette attrapa les jumelles et les poussa à l'intérieur du couvent.

– Entrez, Mesdemoiselles, on va bien vous « instructionner ». Z'inquiétez pas, on va en faire de belles jeunes filles. N'oubliez pas le mois prochain, siffla la cornette en fermant la porte.

VLAM

Les jumelles n'avaient même pas eu le temps de dire au revoir qu'Hexerine et Mme Catherine se retrouvèrent devant une porte close.

– Eh ben nom de Dieu, c'est expédié ! Putain de cornette, jura-t-elle entre ses dents. C'est ce qu'on appelle exploiter la pauvreté ! Saloperie de religion.

Mme Catherine, abattue, ne disait rien. Elle venait de donner deux mois de travail pour payer un mois et le mois prochain elle devra faire pareil si elle ne voulait pas que les jumelles soient à la rue. Parce que c'était inévitable. Mais mathématiquement, payer un mois avec un salaire de deux, cela allait poser un problème.

– T'inquiète, on va trouver une solution, la rassura Hexerine.

– Ce n'est pas seulement ça.

– C'est quoi alors ?

– Instructionner, elle a dit instructionner…

– Qu'ess tu veux, tout fout le camp, dit Hexerine.

Elles reprirent leur route et se séparèrent pensives à la croisée des chemins. Rentrée chez elle, Mme Catherine ne dégoisa pas un mot. Suzy et Margaux, deux catins devenues ses colocataires, n'osaient demander. Suzy, en début de soirée, n'y tint plus et obligea Mme Catherine à leur raconter le coût du couvent. La solution fut immédiate.

– Eh ben, on va tapiner pour vous, lança Suzy.

Mme Catherine s'offusqua.

– Je ne vous ai pas tirées du ruisseau…

– C'est la faute à Rousseau

– Mireille, ta gueule on n'est pas dimanche.

Mme Catherine reprit

– … pour vous y remettre.

– Écoutez, dit Suzy. Le tapin, on connaît depuis nos huit ans. On ne connaît que ça même. Vous, c'est l'écriture, nous, c'est écarter les cuisses ou…

Elle ne finit pas sa phrase suffisamment explicite. Les oreilles de Mme Catherine saignaient.

– C'est peut-être pas beau à entendre, mais c'est la vérité. Et pis, on vous doit bien ça.

– Un bras, on vous doit un bras, ajouta Margaux hilare.

Les trois femmes prirent un fou rire au souvenir de leur rencontre. Mme Catherine, écrivain public à l'époque, sortait de chez Hasan l'apothicaire quand elle fut bousculée par Suzy et Margaux courant à perdre haleine. Les deux ribaudes prirent le temps de s'excuser et repartirent de plus belle. La catin peut être polie à défaut d'être socialement « côtoyable ». Mme Catherine avait repris son chemin quand elle croisa, de nouveau, les deux femmes tenues fermement par leur maquereau et ses deux aides. Des ribaudes et un maquereau, c'est monnaie courante à l'époque, mais ce jour-là Mme Catherine n'était pas d'humeur. Hasan avait refusé les potions d'Hexerine, ne les trouvant pas Pascher. « Pascher, pascher, c'est quoi cette nouvelle mode de vouloir des potions Pascher », fulminait-elle intérieurement. Alors quand Gorge Rouge et ses acolytes lui dirent :

– Barre-toi de not'chemin, tu nous fais de l'ombre.

Son sang ne fit qu'un tour.

– Je vous demande pardon ? dit-elle.

– Barre-toi connasse, dit le couturier. Il tenait son surnom des cicatrices sur son visage et de celles qu'il laissait sur le visage des autres. Égalité oblige. Mme Catherine lui fit face.

– Are you talking to me ? dit-elle se collant au couturier et sortant son hachoir dont elle ne se séparait jamais. Are you really talking to me ?

Le couturier, goguenard, regardait son patron tout aussi hilare. « Une grognasse et son hachoir. C'te blague. À qui qu'elle croyait avoir à faire c'te pécore ».

– Casse-toi de là, morue, ordonna Gorge Rouge ou je te colle mes trente cm dans le con. Tu sais à qui tu causes là ? lui souffla-t-il au visage.

– Oh mon Dieu ! suffoqua Mme Catherine. Vous n'utilisez jamais de pâte à dents ? C'est une infection ! Je suis sûre qu'on sent votre odeur à l'autre bout du quartier ! Même les égouts sentent la rose à côté. En cherchant bien, on devrait trouver des rats entre vos chicots.

Gorge Rouge devint rouge écarlate et au moment où il leva le bras pour frapper Mme Catherine, on entendit…

TCHAAAAAACCCCCCC

On dit souvent, quand on est médusé, que les bras nous en tombent et bien dans ce cas précis, Gorge Rouge en perdit un, de bras, pour de vrai. Mme Catherine avait tranché le bras d'un coup sec avec son hachoir. Tchac, un vrai coup de maître, en plein dans l'articulation. Le bras était tombé d'un coup. Très fière d'elle, elle regarda ses spectateurs.

– D'habitude je rate toujours, je dois m'y reprendre à cinq fois ! J'suis trop forte.

Gorge Rouge était tellement abasourdi qu'il en oublia de crier de douleur. Ses acolytes, auxquels il restait leurs bras, ne savaient pas quoi en faire. Mme Catherine décida pour eux.

– Et un

TCHAC

– Et deux

TCHAC

– Et trois

TCHAC

– Zéro

Mireille ta gueule, on n'est pas dimanche.

La robe éclaboussée de sang, Mme Catherine venait d'égorger Gorge Rouge et ses acolytes qui semaient la terreur dans toute la région. Les deux ribaudes n'en revenaient pas. Un hachoir ! Elle avait trucidé les truands avec un hachoir ! Tandis que Mme Catherine nettoyait son hachoir comme elle pouvait, trois soldats du guet arrivèrent en courant.

– C'est quoi ce bordel ? cria le chef des gardes.

– Rhooo ! Votre langage, jeune homme !

Le garde penaud s'excusa.

– Pardon, Madame, c'est l'habitude. Il s'est passé quoi en fait ?

– Ces messieurs, expliqua-t-elle en montrant les corps, ont été particulièrement grossiers avec moi et violents avec ces dames.

– Les ribaudes ? demanda le garde sceptique.

– Rhoooo, sergent ! J'apprécierais un peu respect ! Ces femmes n'ont sans doute pas choisi cette profession ! rouspéta une Mme Catherine encore un peu énervée. Vous n'allez quand même pas vous en prendre à elles après tout ce qu'elles subissent au quotidien !

– Non, non, bien sûr, Madame, c'est juste que c'est bien la première fois que j'entends des ribaudes être appelées mesdames, s'excusa le chef des gardes.

Mme Catherine soupira.

– Vous pouvez me raconter… Mesdames ?

Suzy et Margaux racontèrent leur version, confirmée par leur sauveuse. Les gardes étaient médusés.

– Vous avez fait ça avec quoi ?

– Ben mon hachoir, pardi. Mme Catherine montra l'objet du délit tout ensanglanté. Très bien aiguisé comme vous pouvez le constater.

– Hum, je suis navré, mais je dois vous emmener chez le prévôt et…

– Eh bien, allons-y !

La garde accompagna donc les trois femmes chez le prévôt, qui rencontra pour la première fois Mme Catherine. Cette dernière ne laissa pas le chef des gardes placer un seul mot et débita d'une traite une histoire insensée au vu de la réalité. Comme quoi, elle avait tenu à venir voir le prévôt pour le féliciter du choix de ses gardes qui venaient de réduire à néant un dangereux criminel, qui était en train d'agresser ses deux ouvrières. Que c'était un scandale cette absence de sécurité dans les rues du bled, mais que maintenant, elle était rassurée de la politique du prévôt et qu'elle s'empresserait d'écrire au seigneur pour lui signaler le bon choix qu'il avait fait. Le prévôt se rengorgea sous la masse de compliments qui déferlèrent pendant presque la demie d'une heure, les gardes finirent par croire qu'ils avaient vraiment agi avec héroïsme et les deux ribaudes se dirent qu'elles n'avaient jamais vu meilleur bonimenteur. À la fin de la journée, Zattise Zeqwestchen avait un nouveau capitaine, deux sergents, deux ribaudes au chômage et un prévôt qui n'avait rien compris si ce n'est qu'il était formidable. Mme Catherine accueillit Suzy et Margaux chez elle, où elles firent de menus travaux pour rembourser leur dette – notamment ranger et cuisiner.

L'hilarité des trois femmes s'estompant, Mme Catherine réfléchit et, après moult tergiversations, accepta la proposition des deux catins. Elles commencèrent le lendemain soir, dans la rue adjacente derrière un paravent de fortune. Mais Mme Catherine avait mis des conditions : des clients propres et choisis. Elle dut renoncer à la première, mais ne céda pas sur la deuxième.

Rapidement, le bouche-à-oreille fit son effet et les filles de Mme Catherine firent paravent comble. Le capitaine du guet l'apprit et fort surpris se rendit chez Mme Catherine pour comprendre. Rassuré par les explications données, il organisa avec ses sergents une surveillance du coin afin que les conditions de sécurité optimales soient offertes aux filles. Il avait une dette à rembourser. Un meilleur salaire, une position sociale reconnue, l'estime des citoyens et un beau mariage en vue qui l'élèvera de sa condition. Toujours rembourser ses dettes.

Mme Catherine n'eut donc aucune peine à payer tous les mois la pension des jumelles. Elle était juste atterrée que les mots de l'esprit rapportent moins que les maux de la vie. C'est alors que Sapho fit son apparition accompagnée d'Esméralda, attirées par les rumeurs. Mme Catherine était en train de rédiger la lettre d'amour d'une donzelle en se désespérant du contenu, quand les deux femmes se présentèrent. Horrifiée de leur proposition, elle refusa. Puis se laissa convaincre par Suzy, « travailler plus pour gagner plus », la cornette ayant augmenté ses prix à la suite de la « flation ». À présent, les femmes manquaient de place dans la rue comme dans la maison. Mme Catherine se mit donc en quête d'une maison plus vaste pour ses filles et elle.

Et c'est ainsi qu'elle atterrit, sur les conseils du guet, dans le faubourg de la ville le moins abject. Bien sûr le voisinage fit des pétitions « non aux cons », « à bas les cons », « plus loin, plus vit », « loin des yeux, loin du vit », mais rien n'y fit. La maison ouvrit ses portes, surveillée croyait-on par le guet. Mme Catherine posa ses conditions : clients propres, choisis dans la mesure du possible, bain obligatoire, chambre individuelle ou partagée, séparation des étages.

Le rez-de-chaussée était composé d'un hall d'accueil de la clientèle flanqué à gauche des cuisines, domaine de Margaux — les ribaudes s'étant vite rendu compte que la cuisine et Mme Catherine n'étaient pas compatibles — et à droite des bains pour les clients, domaine de Suzy. Certains, d'ailleurs, découvraient l'eau pour la première fois de leur vie ! Au premier, les salles de travail, individuelles et le bureau-bibliothèque de la patronne. Au second, les chambres de vie. L'escalier montant aux chambres de vie passait devant le bureau de Mme Catherine, ainsi aucun client ne pouvait s'y aventurer. Certains avaient tenté, on ne les avait jamais revus.

Lorsque les jumelles, émancipées de la cornette, débarquèrent un matin de novembre, la stupéfaction fut générale. Elles venaient, selon leurs dires, « rembourser leur dette ». Les filles firent barrage en disant qu'elles ne s'étaient pas prostituées pour qu'elles fassent de même. Elles tinrent bon. Si elles voulaient coucher, ce sera avec des amoureux, point barre !

Les jumelles promirent donc de respecter les règles imposées. Elles n'auraient que des amoureux pourvu qu'elles restent habiter au milieu des catins. C'est tout. Et c'était ainsi depuis quinze ans.

Mme Catherine, perdue dans ses souvenirs, ne sentit pas tout de suite la présence de Suzy.

– Hum hum.

Elle tressauta.

– Oh, pardon, Suzy, je vous fais attendre.

Suzy sourit, indulgente. Les deux femmes pénétrèrent le bureau de Mme Catherine pour faire les comptes de la nuit. Pendant ce temps, les filles étaient aux bains. Mme Catherine avait acheté — son commerce florissant — la maison voisine accolée à la sienne et l'avait partagée en deux espaces distincts : les bains en arrière-salle et l'apothicairerie en devanture. Une porte reliait les deux maisons.

Après être sorties du bain, les filles se rendirent à leur chambre. Elles se souhaitèrent bonne nuit quand Mélissandre remarqua qu'Yselda et Adalinde — dont la chambre était face à la sienne — restaient figées à l'entrée. Étonnée et inquiète, elle s'approcha et vit…

KSI KSI KSI KSI KSI KSI KSI KSI KSI KSI KSI KSI

KSI KSI KSI KSI KSI KSI KSI KSI KSI KSI KSI KSI

Douze superbes cobras noirs, répartis sur deux rangs, trônaient sur le lit des jumelles toute corolle dehors. Ils ondulaient doucement au rythme de leur chant. Une fois ce dernier terminé, ne voyant pas de réaction, ils recommencèrent.

KSI KSI KSI KSI KSI KSI KSI KSI KSI KSI KSI KSI

KSI KSI KSI KSI KSI KSI KSI KSI KSI KSI KSI KSI

Les jumelles étaient tétanisées par la peur. Mélissandre recula doucement et se penchant depuis le deuxième hurla « Mme Catherine, Mme Catherine ». Toute la maisonnée, alertée par les cris, sortit des chambres, de la cuisine, des bains, des toilettes aussi. Mme Catherine s'interrompit brutalement et s'empara de son hachoir posé à proximité. Par pur réflexe. Une de ses filles qui hurle, c'est signe de danger. Elle grimpa à toute vitesse l'étage et sur un signe de Mélissandre se précipita dans la chambre des jumelles. Elle allait entrer en trombe quand Mélissandre cria :

– Non surtout pas !

Mme Catherine se stoppa net et jeta un coup d'œil à la chambre.

– Nom de Dieu de nom de Dieu, jura-t-elle.

Elle fit signe à Dadou d'approcher.

– Pour qui sont ces serpents qui sifflent sur le lit ? questionna-t-elle. Les crains-tu ? lui demanda-t-elle.

Dadou haussa les épaules.

– Alors tu vas faire exactement ce que je te dis, lentement surtout, OK ?

Dadou fit signe que oui. Mme Catherine entra lentement dans la chambre et se plaça derrière Yselda.

– Tout va bien, ma jolie. Calme-toi et fais-moi confiance, chuchota Mme Catherine à son oreille. Laisse-toi guider, mon ange. Je vais pivoter en direction de la droite très lentement. Ne freine pas mon mouvement, suis-le. Une fois devant la porte, tu prendras la main qui te sera tendue et tu sortiras calmement de la pièce. As-tu compris ?

Yselda fit oui de la tête.

– Maintenant, fais-moi confiance et ferme les yeux.

Mme Catherine fit un mouvement lent et quasi imperceptible et prit la place d'Yselda face aux serpents. Ces derniers voyant, enfin, leur public réagir redoublèrent d'entrain.

KSI KSI KSI KSI KSI KSI KSI KSI KSI KSI KSI KSI

KSI KSI KSI KSI KSI KSI KSI KSI KSI KSI KSI KSI

Mme Catherine se plaça, lentement, devant Adalinde et fit signe à Dadou d'attirer lentement vers elle la jeune femme. Mme Catherine resta seule en scène faisant face aux cobras qui s'arrêtèrent. Ils ne comprenaient pas pourquoi, alors qu'ils s'égosillaient, ils n'entendaient pas encore les applaudissements. Ils se regardèrent, se rappelèrent qu'ils n'avaient pas d'oreille, fixèrent Mme Catherine et attendirent de ressentir les vibrations des claquements de mains. Mais non toujours rien. L'un d'entre eux émit l'hypothèse que les commanditaires de la carte d'anniversaire s'étaient trompés et que c'était pas un anniversaire qu'il fallait chanter. Mais c'était leur seul répertoire. Ils avaient été formés uniquement pour chanter cet événement. Les enterrements avaient été confiés aux loups et autres chiens errants, spécialistes des hurlements ; les mariages aux colombes et autres pigeons, spécialistes de rien à part décorer les invités. Eux, c'était les anniversaires.

La trouvaille était bien pensée quoique un peu dangereuse malgré tout. Un mauvais conditionnement, des applaudissements peu soutenus et hop on passait des serpents aux loups. Gros Robert et Petit Larousse se dirent qu'avec une carte d'anniversaire animée, c'est sûr, Yselda et Adalinde ne voudraient plus qu'eux comme clients – les deux hommes ignorant la réalité, à savoir qu'elles n'étaient pas des prostituées. Au début, ils avaient hésité parce que depuis Ève, « les serpents et les femmes ce n'étaient pas les meilleurs amis », avait dit le curé un jour de messe où ils ne dormaient pas, mais c'était ça ou un trio de crapauds et ils savaient que si on embrasse un crapaud il se transforme en prince — parce que c'est écrit dans les contes donc c'est vrai — et ils n'avaient pas l'intention de se faire chouraver leurs catins. Mme Catherine s'approcha des serpents, ondulant, suivant leur rythme, la dextre sur le hachoir et la senestre sur le tisonnier attrapé au passage devant la cheminée. Les filles retinrent leur souffle, car elle était vraiment très près. Très, très près. La chorale reptilienne se redressa de toute sa hauteur fière et orgueilleuse attendant les compliments.

TCHAAAAAACCCCCCCCCCC

Entendit-on. La première rangée fut décapitée d'un coup sec par une main experte. La deuxième rangée se tourna alors d'un seul reptile vers l'agresseur et

FIZZZZEEEE TCHOCCCCC ZBOÏÏÏÏÏNNNGG

Embrochée la rangée. Emportée par son élan, Mme Catherine planta dans le mur la brochette qui oscillait violemment. La maquerelle reprit son souffle et se dirigea vers le couloir. Elle avait les yeux noirs, complètement noirs. Pas une once de blanc ni de pupille. Super flippant, aucune des filles n'osa parler…

– Gudrun, décroche la brochette et Suzy, fais un ballot avec le linge en laissant les serpents dedans. Posez – les devant l'entrée. Je reviens, j'ai deux mots à dire aux expéditeurs.

– Hum, vous y allez avec le hachoir ? osa timidement Esméralda.

– Oh que oui ! À mon retour, Suzy, je veux tout le personnel dans le hall.

Le ton de Mme Catherine était sans réplique. Elle descendit furibonde les étages et traversa le bourg le hachoir à la main. Personne ne se plaça sur son chemin. Telle la Mer Rouge devant Moïse, la cohue lui céda la place. L'homme a un instinct de survie très important en somme. Gros Robert et Petit Larousse, eux, innocentes victimes, devisaient gaiement dans la cour de Grand Larousse, père de Gros Robert quand soudain…

FIIIIIIZZZZZZZZZZZZZZZZZZZ TCHOC

Un hachoir se ficha dans le bois de la poutre devant laquelle ils se trouvaient. Ils n'eurent pas le temps de réagir que Mme Catherine, munie de deux fourches leur coinçait la gorge empêchant tout mouvement.

– Vous allez écouter attentivement ce que je vais dire, je ne me répéterai pas.

Les deux gars virent les yeux sans pupilles et commencèrent à déglutir, mais pas par où il fallait.

– Je ne sais pas ce qui vous a pris et je m'en tape. Mais désormais, si vous mettez les pieds au bordel, je vous les coupe menues et je vous les sers en soupe. Vous n'approchez plus des jumelles à moins de trois km ou je vous défonce la tronche.

Oui, Mme Catherine peut être très vulgaire quand elle est en colère.

– Maaiiissss, bégaya Petit Larousse.

– Mais quoi ? siffla Mme Catherine entre ses dents.

– On aime les jumelles, on veut les épouser, dit Gros Robert avec le plus de fermeté possible.

– Dans tes rêves, connard, vous ne touchez pas aux jumelles ! Rien, vous n'aurez rien d'elles, jamais.

– On veut épouser les jumelles ! tonna Petit Larousse.

Mme Catherine posa calmement le hachoir dans l'entrejambe de Petit Larousse. Des gouttes de sueur perlèrent à son front.

– À ta place, j'écouterais la dame, dit posément une voix reconnaissable entre mille. Quand elle est comme ça, elle est intraitable.

– Hexerine, aide-nous, supplia Gros Robert.

– Nan, répondit cette dernière.

– S'te plaît, pleura Petit Larousse qui sentait la lame s'enfoncer dans ses chairs.

– Nan, nan. Si vous l'avez mise dans cet état, c'est que vous avez dépassé les bornes des limites, donc c'est votre problème. Z'ont fait quoi ? questionna Hexerine curieuse.

– Ces crétins ont envoyé une carte d'anniversaire aux jumelles.

Hexerine haussa les sourcils, car elle ne voyait pas le problème.

– Des serpents, magnifiques qu'on a envoyés, compléta Gros Robert espérant obtenir la grâce du jury.

– Ce qui se fait de mieux, ajouta Petit Larousse.

– Nom de Dieu, des serpents ?

– Des najas pour être précise, dit Mme Catherine. Douze.

Hexerine en resta coite.

– Mais vous êtes cinglés, ma parole ! Leur venin est mortel, beugla Hexerine.

– Le marchand nous a dit qu'il y avait aucun risque, gémit Gros Robert.

– Aucun risque pour vous, abrutis, pas pour les jumelles !

– Ben…

– Non, mais là, vas-y, coupe, méritent que ça.

La pression sur leur membre se fit importante. Gros Robert et Petit Larousse se liquéfièrent ce qui à Zattise Zeqwestchen signifiait qu'ils se firent dessus.

– Le bordel vous est fermé. Définitivement.

– Mais….

– Il n'y a pas de mais. Vous avez mis mes filles en danger, c'est terminé.

– On veut les épouser ? !!!

– Mais quelles quiches ! lâcha Hexerine, vous en avez vu beaucoup des catins mariées ? !!!

– Mais euh…

– Vous ne pourriez pas les épouser même si je le voulais.

– Si ! s'obstinèrent les deux nigauds.

– Non, mais, ils sont bouchés !! La Catoche vient de vous dire que ce n'est pas possible. D'un point de vue légal !

– Eh ben, elles ont qu'à venir vivre avec nous !

– Pour faire quoi ? Le ménage, s'occuper de la maison, ouvrir les cuisses à votre convenance et en cas d'enfants, on les abandonne ?

– Ben oui, fit Gros Robert qui ne voyait pas où était le problème.

Mme Catherine appuya très fort sur les parties.

– Jamais, jamais, je ne vous laisserai salir mes filles et en faire des objets. Jamais.

Les deux gars étaient largués. C'était des catins et elle en parlait comme des femmes bien nées !!!

– Allez Catoche, on rentre et si ces messieurs veulent du plaisir, il ne leur reste qu'une seule possibilité.

– Laquelle ? demanda Petit Larousse rouge sous la pression de la lame.

– Le mariage !

Mme Catherine retira son hachoir et partit, accompagnée de son amie.

– Euh ? Vous ne nous décrochez pas ?

– Nan, ça décore, répondit Hexerine.

Lorsque Grand Larousse les découvrit, ils répondirent qu'ils avaient fait une fausse manipulation. Ce qui ne l'étonna pas. À Zattise Zeqwestchen, tout était possible. Même de s'enfourcher soi-même. Reprenant leurs esprits, les deux garçons se convainquirent que Mme Catherine avait bluffé et que le mariage n'était en aucun cas une source de plaisir. Ça se saurait !

Julot suivit Hexerine et Mme Catherine jusqu'au bordel devant lequel se trouvait un attroupement. En effet, les voisins, inquiets, avaient appelé le guet à la vue de la brochette de serpents voletant sous la brise légère et du linge ensanglanté. Le capitaine avait fait le déplacement, car il s'agissait d'une maison respectable et il refusait qu'un abruti s'en charge. « Capable d'arrêter Mme Catherine et de mettre en danger la paix sociale » Et puis il avait une dette à rembourser même si après quinze ans, elle était largement remboursée. Très largement.

– Mme Catherine, commença-t-il.

– Oh bonjour capitaine. Je ne vous présente pas Hexerine ?

Non y'avait pas besoin. Hexerine avait soigné un eczéma mal placé chez le capitaine donc on pouvait affirmer qu'ils étaient intimes.

– Nom de Dieu de nom de Dieu, s'exclama Hexerine. Ce sont les machins ? dit Hexerine impressionnée.

– Carte d'anniversaire des deux tarés pour les jumelles, dit Mme Catherine à l'intention du capitaine.

– C'est une plaie en ce moment, soupira le capitaine. On passe notre temps à recevoir des plaintes pour cause d'odeur ou de bruit intempestif.

– Ah ça le bruit et les odeurs…. confirma Hexerine. Et les gamines, ça va ?

– Effrayées, mais ça va.

– On va aller dire deux mots aux…

– Ne prenez pas cette peine, j'en viens, le coupa Mme Catherine.

Le capitaine hocha la tête. C'est sûr que si c'est comme pour Gorge Rouge, ils avaient dû passer un sale quart d'heure.

– Allez circuler, y' a rien à voir, lança le capitaine. C'est juste une carte d'anniversaire qui a mal tourné.

Les voisins furent soulagés et rentrèrent chez eux non parce qu'ils en avaient envie, mais parce que l'un des gardes venait de sortir un putois de sa poche et s'apprêtait à arroser la foule réticente pour la disperser. Très efficace le gaz de putois. Le guet se modernisait et commençait à utiliser des armes létales olfactives. Le capitaine fit un dernier signe à Mme Catherine et s'en retourna chasser le criminel. Il se disait qu'il ferait tout de même un tour vers les Larousse, afin d'effacer les traces de Mme Catherine si besoin était.

Hexerine admirait les serpents.

– Putain, ça, c'est de la camelote ! Ça coûte un bras ces machins !

– Tu peux les emmener si tu veux.

– Non sans déconner ? Tu me les offres ? dit Hexerine stupéfaite.

– Ben oui. Je peux te les découper si tu veux.

– Nan laisse, je vais les dépiauter, j'adore ça, dit Hexerine reconnaissante. Toi ça va aller ?

– Oui, oui, rentre maintenant, ton trajet est long.

Les deux femmes s'enlacèrent longuement et chacune reprit sa route. Hexerine sifflotant de joie un ballot ensanglanté dans une main et une brochette de serpent dans l'autre, ce qui n'étonna personne. Tout était possible à Zattise Zeqwestchen. Mme Catherine souriait en voyant son amie partir gaiement. Elle rentra et constata que ses ordres avaient été respectés. Calmement et posément, elle s'adressa au personnel :

– Je n'ai pas pour principe de punir, mais à l'avenir tous les cadeaux des clients doivent passer par moi. Les déclarations d'amour à des ribaudes, ça n'existe pas. Il n'y a pas de place pour la guimauve ici. Notre travail consiste à limiter les viols en permettant à ces salopards de se soulager.

S'approchant de Lili, jeune soubrette de la maison, elle ajouta en lui caressant la joue :

– Tu as voulu bien faire, mais laisse les contes de fées aux princesses. Ici, c'est une réalité tout autre. De l'amour, il y en a dans cette maison, mais il ne vient pas des clients. Il ne viendra jamais des clients. D'accord ?

Lili, en pleurs, fit oui de la tête.

– Allez viens, Lili, dit Margaux, tu vas m'aider à préparer le repas. Et ne t'inquiète pas, les filles vont bien. C'est plutôt pour les deux crétins que je me fais du souci, dit-elle en interrogeant Mme Catherine du regard.

– Ils ont toujours leurs bras, dit-elle en riant. En revanche, ils sont désormais interdits de séjour dans cette demeure. Je ne veux plus jamais les voir ! Est-ce clair pour tout le monde ?

Le oui fut général et le soulagement aussi. Ils étaient bien sympas, mais plutôt collants et prétentieux à toujours tout définir ! Comme si le sens des mots intéressait quelqu'un ! Et pis y' avait les pets…

Mme Catherine monta au deuxième où les filles se trouvaient toujours.

– Allons, allons, il l'or d'aller vous coucher ! La nuit a été longue ! Allez au lit, Mesdemoiselles ! les gronda gentiment Mme Catherine.

Les filles se dirigèrent en grognant vers leur chambre quand Mme Catherine ouvrit la porte de la sienne aux jumelles.

– Vous allez dormir dans ma chambre le temps que Suzy fasse le grand nettoyage.

Elles hésitèrent. C'était la chambre de la patronne !

– Allez, allez, entrez. Je vais juste prendre un change, vous pourrez dormir en paix.

Mme Catherine les précéda. D'un geste discret, elle dit au feu de se rallumer et se dirigea vers sa commode qui fort accorte, comme son nom l'indiquait, ouvrit un de ses tiroirs pour que Mme Catherine se serve. Toujours sur le seuil, les jumelles observèrent la chambre. Nue à l'exception de la commode, d'un coffre et du lit. Moult livres jonchaient le sol.

– J'aime avoir de la place, dit malicieusement Mme Catherine suivant le regard d'Adalinde qui s'attardait sur le lit de taille gigantesque.

– Allez au lit. Ce soir repos, pas d'amoureux. Les émotions ont été assez fortes comme ça.

Les jumelles se sentirent un peu perdues dans cette grande chambre. Isolées même. Trop peut-être. Mme Catherine coupa court à leurs angoisses :

– Et ne vous inquiétez pas. Vous ne risquez rien ici. Un seul cri et je suis là. Aucun homme n'a jamais franchi le seuil de cette chambre, ce n'est pas maintenant que ça va commencer.

La commode approuva ainsi que le coffre. Le feu observait les nouvelles arrivées et hésitait quant à la température.

– Vingt degrés, lui susurra Mme Catherine voyant les flammes hésitantes.

Une flammèche lui fit un clin d'œil et le feu se mit, joyeusement, à vingt degrés. La matrone s'éclipsa de sa chambre et laissa les jumelles s'approprier son intimité. Timides, elles n'osèrent entrer dans le lit, mais le froid de la pièce les incita à se glisser sous les draps et petit à petit la chaleur des couvertures fit son office. Une douce torpeur les envahit et les fit sombrer dans le sommeil. C'est alors que les livres s'approchèrent ne sachant que faire. Ils décidèrent de raconter une histoire aux jumelles. C'est un truc que des livres achetés par Mme Catherine sur un vide masure avaient raconté. Des gens lisent des livres le soir pour s'endormir. L'un d'eux se lança.

– Pour éviscérer, prendre un couteau bien aiguisé et… mais il s'arrêta quand il vit les jumelles froncer les sourcils.

Les livres se trouvèrent marris de la situation, car c'était le sujet d'étude de la patronne en ce moment donc ils traitaient tous de cela. Éviscération, lacération, boyaux. L'un d'eux décida alors de fredonner une chanson douce que lui chantait sa maman et qu'il écoutait toute page frémissante lorsqu'il était livre de poche. La mélodie sembla plaire aux jumelles, car leurs visages s'apaisèrent. Les livres chantèrent donc. Mme Catherine se dirigea, quant à elle, vers les bains, accompagnée de Suzy qui entendait bien ne pas la laisser seule après le stress de ce matin. Elle se frictionna énergiquement, et, au moment de se vêtir, elle remarqua une cicatrice à la base du sein gauche, toute fine et rouge qui suintait, haussa les épaules et se dit qu'elle avait encore dû se cogner quelque part sans s'en rendre compte.

– Allez, Suzy, retournons aux comptes.

Les deux femmes pénétrèrent dans le bureau et finirent leurs additions. Une fois, les chiffres notés dans le livre de comptes, Suzy s'éclipsa et Mme Catherine se dirigea vers le coffre.

– Abracadabra.

Rien ne se passa.

– Merde, c'est quoi le mot de passe… Carabistouille.

Toujours rien.

– Crotte, je ne retrouve pas. Mme Catherine s'agaça. Fait chier !

Le coffre s'ouvrit.

– Forcément, c'est le juron préféré d'Hexerine !

Elle plaça dans le coffre les bourses d'écus. Une bourse par fille, le reste pour le bordel. Le coffre les avala et se referma. À quelques encablures de là, une alarme retentit dans l'office de DerPo à Trou de Bâle. Ce dernier se leva et se dirigea vers le coffre qui gémissait sous le poids. Il l'ouvrit et en prit le contenu. Il se rendit ensuite à la salle des coffres et frappa dans ses mains.

– Sésame, ouvre-toi.

La salle des coffres obtempéra et une multitude de coffres s'offrirent au regard blasé de DerPo.

– Mme Catherine ! appela-t-il.

Un gros coffre sortit des rangs et s'ouvrit. À l'intérieur de ce dernier se trouvaient de multiples tiroirs.

– Sapho !

Le tiroir de Sapho s'ouvrit et DerPo glissa la bourse à l'intérieur.

– Esméralda ! Gudrun ! Mélissandre ! Dadou !

– Tchoum ! Poil de chat, s'excusa le tiroir.

– Yselda et Adalinde !

– Bénéfices !

- Blurp ! Désolé, je digère mal le gras, s'excusa le tiroir des bénéfices.

Une fois, les sommes déposées, DerPo retourna à son bureau et rédigea le document d'enregistrement de l'argent. Qu'il envoya par courrier express à Mme Catherine autrement dit par l'intermédiaire du coffre. L'office de Trou de Bâle était le seul office sécurisé sur le continent. N'entrait pas dans Trou de Bâle qui voulait ! La clientèle était sélectionnée pour son argent évidemment. Mme Catherine avait choisi cet office pour la rapidité d'encaissement, la sécurité. Trou de Bâle était inviolable pour la simple et bonne raison que les membres étaient tous des criminels. On ne se vole pas entre soi. L'argent « chairement » gagné des filles côtoyait l'argent volé aux riches, mais pas pour donner aux pauvres, l'argent sale issu des laveries automatiques, de l'argent royal en cas d'abdication forcée et l'argent de menus trafics, de reliques essentiellement. DerPo ne voulait pas d'argent bien gagné et mérité. C'est mauvais pour les affaires et en plus l'argent proprement gagné y'en avait pas beaucoup. Donc à Trou de Bâle, pas de politiquement correct, du sale rien que du sale. Alors évidemment, avec Mme Catherine, même si l'argent émanait de la chair, il était propre et faisait tache dans le paysage. À la suite d'un sermon bien senti un dimanche, DerPo s'était dit que Mme Catherine était l'occasion de s'acheter le paradis pour pas cher. Donc elle était la seule cliente non arnaquée. Cette dernière était satisfaite de son idée de placer l'argent, car chacune de ses filles aurait un pécule qui leur permettra de vivre décemment une fois l'heure de la retraite. De telles souffrances méritaient salaire. Elle payait ce qu'elle devait au roi et à ses sous-fifres, mais elle estimait que tout donner à des privilégiés qui ne connaissent même pas la valeur travail, qui ne pensent qu'à asseoir leur pouvoir par la guerre ou la force, non. Elle récupéra le pli de Trou de Bâle, le classa, s'installa dans son fauteuil pour une pause bien méritée et s'assoupit.

De son côté, Hexerine, une fois rentrée, se mit au travail. Elle retira la peau des cobras et commença à récupérer leur venin. Ne sachant que faire de la chair, elle la fit cuire « Sait-on jamais », s'était-elle dit, « de la viande reste de la viande ». Le contenu de la marmite mijotait quand Jeannot fit une apparition surprise et se mit violemment à taper du pied.

– Deux secondes mon Jeannot, lui dit Hexerine une fiole dans les mains et la remplissant de venin.

Mais Jeannot tapa encore plus fort et plus vite.

– Prout ! s'agaça Hexerine. Quoi encore ?

Jeannot ne tint pas compte de la mauvaise humeur d'Hexerine et tapa son message.

– T'es sûr ?

– TAP TAP TAP TAPTAP

– Nom de Dieu ! jura Hexerine. Manquait plus que ça. Lâchant sa fiole, elle attrapa sa besace qu'elle remplit d'autres fioles et autres pastilles et se précipita à la suite de Jeannot.

« Nom de Dieu de nom de Dieu », n'arrêtait-elle pas de jurer.

Le château sortait des brumes matinales, un peu comme ses occupants encore tourneboulés par les événements de la veille. La princesse, levée aux aurores, avait attendu que son Roméo se réveille et l'embrasse voire plus si affinités, mais le repos du guerrier semblait perdurer. De guerre lasse, elle s'était décidée à sortir du lit parce qu'il ne fallait pas qu'elle arrive en retard au travail. Ce n'était pas convenable. Elle passa sa main dans les cheveux de Roméo qui grogna, se retourna et pour confirmer les soupçons d'un sommeil profond, une bulle de morve se forma à sa narine droite accompagnée d'un ronflement qui se fit de plus en plus sonore. Ça, c'était pas écrit dans les contes. Elle sortit de la chambre et se rendit aux cuisines prendre son petit-déjeuner, le repas le plus important de la journée. Eau chaude et pain grillé. Les deux jeunes seigneurs étaient toujours dans leur chambre et Madelon s'affairait aux cuisines.

– Madelon ? s'étonna la princesse.

– Oui princesse ?

– Vous ne devriez pas être alitée ?

– Non, pensez-vous, dit Madelon. La petite dort et si je ne suis pas là qui va vous préparer votre déjeuner ? Et pis Hexerine m'a donné des trucs pour me requinquer !

La princesse sourit. Elle repensa aux événements de la veille et sourit encore. Pendant ce temps, Hexerine arrivait devant le pont-levis et criait :

– Ohé du château !

Un garde passa la tête entre les créneaux.

– Qu'esske c'est ?

– Le plombier, ducon, répondit Hexerine. Descends le pont, faut que je cause à la princesse.

– Nan. Mes ordres sont stricts. Je descends que si la princesse le dit, et là, elle l'a pas dit.

– Descends-moi, ce putain de pont, y'a urgence !

– Nan.

Le capitaine des gardes se présenta :

– Que veux-tu, manante ? lança-t-il d'un ton péremptoire.

– Mana. ? Hexerine s'étouffa. Y' a, qu'une bande de pillards est en chemin ! Voilà ce qu'il y a !

– Des pillards hein ? Ben voyons et comment qu'elle le sait la p'tite dame ? Une apparition ? Ou dans sa boule de cristal peut-être ?

Les gardes qui s'étaient assemblés riaient.

– Punaise, je vous dis que… Hexerine s'interrompit. Elle venait de se rendre compte qu'elle perdait un temps précieux. Bon quand faut y aller, faut y aller.

Elle prit à senestre, droit sur les grenouilles logées dans les douves. Elle choisit deux crapauds bien gros et gras qui se demandaient bien ce qu'il se passait. Elle retourna devant le pont-levis, accrocha soigneusement sa sacoche, enfila ses mains dans le derrière des crapauds qui, là, se demandaient vraiment qui osait porter atteinte à leur dignité de mâle reproducteur, prit son élan et courut en direction des remparts.

Les gars cessèrent de rire quand ils la virent courir.

– Dites capitaine, on dirait qu'elle…

– Mais non, mais non, c'est du bluff.

– Elle va se vautrer dans les douves, c'est obligé.

POOOOOOK !

Hexerine venait de se ventouser aux parois du pont-levis.

SSSMACK SSMACK

Lentement, elle grimpait en direction des créneaux.

– On devrait peut-être sonner l'alerte ? suggéra un des gardes.

– Ah ouais et on annonce quoi ? Qu'une vieille, crapauds en main, attaque le château ?

À peine, le capitaine avait-il fini sa phrase qu'Hexerine essoufflée se présenta devant lui. Un des gardes voulut s'interposer, mais la vue des crapauds boutonneux le fit reculer. Un autre prit l'initiative de courir prévenir la princesse, il voulait surtout échapper à Hexerine. Il arriva ventre à terre aux cuisines, parce qu'il venait de rater la marche, et cria :

– La vieille !

La princesse leva un sourcil et observa le garde étendu à ses pieds. Elle regarda Madelon qui haussa les épaules, incrédule.

– Ah ben t'es levée tant mieux, entendit-elle derrière elle. Se retournant, elle fit face à Hexerine. Un haut-le-cœur la prit.

– Ben t'es bien pâlotte ? dit Hexerine. La nuit a été trop mouvementée ?

Le sous-entendu ramena la princesse à la réalité.

– Je ne vous permets pas.

– Ben, moi si.

POC

Hexerine retira ses gants.

– Foutus gants. Fait chaud là-dedans. T'aurais pas un baquet d'eau, Madelon, par hasard ? demanda Hexerine. Parce que, là, faut que je me nettoie les mains.

Cette preuve d'hygiène était la bienvenue quand on regardait la robe d'Hexerine. Madelon lui indiqua une gamelle remplie d'eau près de la fenêtre. Intriguée, elle s'avança vers Hexerine qui prit une fiole, la déversa sur ses mains et avec dégoût les trempa dans l'eau.

PSSCHIIIIIIIIIIIIIIIIITTT

Lorsqu'Hexerine sortit ses mains, elles étaient d'une propreté remarquable.

– Ouah ! s'exclama Madelon.

– Dissolvant, dit fièrement Hexerine.

Madelon lui toucha les mains.

– Ouah, elles sont trop douces !

– Ça, c'est les crapauds. Tu devrais faire ça quand tu fais la vaisselle. Tu t'enfiles deux grenouilles parce qu'elles nettoient mieux que les crapauds qui collent. C'est plutôt pour grimper au mur. Les grenouilles… Hexerine s'interrompit, car Roméo apparut en chemise, se grattant le bas-ventre.

– Et ça, ce n'est pas à cause du coca, dit-elle en regardant la princesse.

Cette dernière rougit.

– Ma mie, que fait cette vieille daube dans mes cuisines !

La princesse fronça les sourcils non pas à « daube », mais au « mes ».

– Mon ami, Hexerine est venue prendre des nouvelles de Madelon.

– Ça aussi.

– Ce n'est pas la raison de votre venue ? interrogea, étonnée, la princesse.

– Nan, c'est la bande de pillards qui s'amène qui m'amène, dit Hexerine.

La princesse la regarda.

– Une quoi ?

– Une bande de pillards arrive droit sur le château, expliqua-t-elle calmement. Faut tout barricader et se préparer au siège.

Roméo, se redressa fier comme un coq les pieds dans le purin :

– Ne t'inquiète pas mon aimée, je suis là.

– C'est bien le problème, marmonna Hexerine.

Se tournant vers la princesse :

– Le pont est la seule entrée ? Pas de tout-à-l'égout, de passages secrets ?

La princesse fit non de la tête.

– Bon, ça devrait aller alors.

– Pardonnez-moi, manante…

La princesse sursauta et se mit à craindre le pire quand elle vit Hexerine se figer.

-…..

-…- mais il me semble que ma présence suffit pour protéger ma bien-aimée. Je me charge de la défense du château.

– Comme hier pour faire sortir la princesse des douves ? dit fielleusement Hexerine.

– Hum, oui bon, j'avais fait un long chemin, mon heaume était coincé…

– Pas de bol quoi.

– C'est ça.

Roméo appela son écuyer, déjà sur le qui-vive, pour qu'il vienne le vêtir et lui visser son armure.

BOING KLING BOING KLING KLING BOING

– J'ai raté la marche, s'excusa-t-il.

Il commençait à habiller son seigneur quand un garde arriva.

– Les pi, les pi, les pi

- llards, termina Hexerine.

Elle quitta la cuisine précipitamment pour observer l'ennemi. Ils étaient à peine une dizaine. Les gardes se gaussaient et se disaient qu'ils n'en feraient qu'une bouchée.

– Et pour ceux qui sont dans le fond aussi, ce sera facile ? questionna ironique Hexerine.

Une forte poussière se dégageait dans le fond. Les gardes déglutirent malaisément.

– C'est p'têt des marchands ?

– Ou des forains ?

– Ou des mammouths, compléta Hexerine.

– Qu'allons-nous faire ? dit une douce voix angoissée derrière elle.

Hexerine se tourna vers la princesse qui l'avait suivie :

– Organiser la défense et appeler des renforts. Allez princesse, va me chercher tes mioches, je veux tout le monde sur le pont dans cinq minutes.

– On ne devrait pas attendre le chevalier ? suggéra un garde.

– Si tu veux l'attendre, fais mon gars, mais moi, j'ai pas l'intention de moisir ici, j'ai…

– Vos courses à ranger, termina la princesse.

Hexerine sourit :

– Et du venin à égoutter ! ajouta-t-elle heureuse.

La princesse réprima un sursaut. Décidément, cette vieille était trop bizarre.

- ezijfdoizjvjznjdhaoijizoji, lança Hexerine.

– ? dit un garde

– Nan rien, je parle toute seule.

– Ma grand-mère ça lui fait ça aussi, compatit le garde.

« Sa grand-mère ! Quel connard ! J'ai l'âge d'être sa mère ! Sa grand-mère ! », jurait Hexerine. « Connard ! ».

– On est là, cria la princesse depuis la cour du château.

Hexerine descendit.

– Bon gamin, tu restes avec moi, ta mère aussi. Toi, le p'tit con,

– Eh ! s'insurgea le petit con.

– Toi, le petit con, poursuivit Hexerine sans se démonter, tu vas au pigeonnier. Toi, capitaine,

– Je n'obéis qu'au chevalier, dit fermement le capitaine.

– Alors paix à ton âme.

Se tournant vers les gardes :

– Y'en a d'autres comme lui ?

Les gardes se rangèrent derrière leur capitaine.

– Solidarité masculine hein ? Pas grave, on va se démerder sans vous. En revanche, vous dégagez le terrain, sinon…

Hexerine n'avait pas besoin d'en ajouter plus, l'état de sa robe en disait assez long. Elle prit sa besace et s'adressant au petit con :

– Tu montes au pigeonnier, tu fourres une pastille dans le derrière de chaque pigeon…

– Eh, mais c'est dégueulasse !

– Plus dégueulasse que d'huiler le pont et faire tomber ta mère ? dit Hexerine d'un ton menaçant.

Le petit con évita le regard rempli d'amertume de sa mère et ne pipa mot.

– Une pastille ! Pas plus ! Vas-y parce que vu la taille du pigeonnier t'en as pour un moment.

– Et lui ? dit le petit con en montrant dédaigneusement son frère.

– Lui, il va me seconder. Allez, grouille, ou je te transforme en crapaud !

Le petit con courut en direction du pigeonnier.

– Tu peux vraiment faire ça ? demanda intrigué le gamin.

– Faire quoi ?

– Transformer les gens.

– Tout le monde peut faire ça, mon bonhomme, ce n'est pas sorcier. C'est juste une question de confiance. Avec la confiance, on peut tout faire.

– Je croyais que c'était l'amour qui changeait tout, dit le gamin.

– Qui t'a dit une connerie pareille ?

– Maman.

La princesse regarda ses brodequins, mal à l'aise.

– M'étonne pas. Du pipi de phoque mon gars. L'amour, ça apporte que des ennuis.

– Ben quand même, ça donne des enfants ! dit le gamin.

– C'est ce que je dis. Bon, c'est pas tout ça, mais faut appeler les renforts. Tu sais écrire ? demanda-t-elle à la princesse.

– Oh ben quand même oui ! Je veux bien être une quiche, mais là tout de même !

– C'est bien, alors note. Hexerine dicta :

BESOIN AIDE STOP CHATEAU ATTAQUE STOP DEBARQUE FISSA STOP PREND HALDEBARDE AU PASSAGE DOIT ETRE RENTRE STOP MANGE EN CHEMIN YA DU VILAIN STOP.

– Ça y est ? Donne que je signe. Hexerine étala de la marmelade d'orange, récupérée sur sa robe, en guise de signature.

– ???

– T'inquiète, elle va comprendre.

– Elle ? demanda la princesse craignant la réponse.

– Ben Catherine, qui veux-tu que ce soit ! dit Hexerine.

– La dame d'hier ? questionna le gamin.

– Elle-même.

La princesse soupira. Une bande de pillards s'agglutinait devant son château et elle allait devoir son salut à une vieille déjantée et sa copine tout aussi givrée.

– Allons, allons, point de morosité ni d'angoisse. Ça va bien se passer. Hexerine prit le papier des mains de la princesse, mouilla son doigt et le jaugea le sens du vent.

– Paaarfait. Iozejfiza urzauei'ruciaeji.

– ???

– Rien je parle toute seule. Elle lâcha le papier qui porté par la brise s'envola en direction du bordel.

– Tu vois, ça, gamin, c'est important. Toujours dire les mots quand tu as le vent dans le dos. Toujours.

– Pourquoi ?

– Parce que sinon tu te les prends dans la tronche !

Hexerine descendit dans la cour et posant sa besace, se mit à danser :

– I will survive, i will survive ich will immer wieder dieses Spur mexico mexiiiiiiiiicooo sous le soleil ya d'la joie bonjour les hirondelles ya d'la joie

La princesse et son fils regardaient, médusés, Hexerine. « Givrée, complètement givrée », se lamenta-t-elle.

– Maintenant faut attendre. Ça ne va pas être long.

L'écuyer venait seulement de monter les jambières de son chevalier qui devisait tranquillement de la technique d'attaque avec le capitaine.

– On baisse le pont et on fonce dans le tas.

– Euh, hum, si je puis me permettre, ils semblent être nombreux.

– Allons, allons, nous sommes des hommes que diable ! Pas des femmelettes ! Ce ne sont que dires de bonnes femmes, rien d'autre. Ils seront tout au plus une vingtaine comme pour toute attaque de château par des pillards.

– C'est vrai, ce n'est pas une guerre, juste des pillards, se rassura le capitaine.

Oui, mais c'était des pillards qui avaient décidé de regrouper leurs guildes pour n'en faire qu'une — l'union faisant la force, c'est bien connu — et ils s'étaient dit que pour fêter leur union, rien ne valait une bonne attaque de château pour mettre au point une stratégie de groupe. Et donc, ils partirent cinq cents, mais par un prompt renfort des guildes du nord, ils furent trois mille en arrivant à bon port. Le chevalier et les gardes étaient au bas mot…

treize. Le p'tit con enfonçait les pastilles en ronchonnant tandis que la brise venue arrivait au bordel et s'enfournait dans la cheminée de Mme Catherine.

– Aïeuh, dit le papier, soufflant pour éteindre les flammes qui lui brûlaient le pas de page.

La brise étonnée se retourna et vit le feu.

– Ben, ben, y'a jamais de feu dans cette piaule, bégaya-t-elle.

– Elle est en bas, dans le bureau, dit le feu.

– Poh, pardon. Reprenant son parchemin, la brise disparut et changea de cheminée. Elle largua le document aux pieds d'une Mme Catherine endormie. Ne voyant pas de réaction, la brise souffla plus fort afin de réveiller Mme Catherine. Et encore plus fort.

– Punaise, elle a le sommeil lourd !

Jetée au sol par une violente bourrasque, Mme Catherine se réveilla.

– Hein quoi ?

Le parchemin sous le nez, elle lut, encore endormie, les quelques mots d'Hexerine. Mais ce ne sont pas les mots qui la réveillèrent, c'est la marmelade d'orange.

– Oh merde !

Avec la rapidité d'un éclair, elle déboula dans sa chambre, prit le contenu des tiroirs qui s'ouvrirent à son entrée et s'habilla en courant.

BOUM

Ah ben ça, enfiler des chausses en descendant des escaliers… Lili, endormie dans un fauteuil dans l'entrée, ouvrit un œil.

– C'est rien, rendors-toi. Je vais faire une course.

Mme Catherine entra dans la cuisine, chopa au vol le hachoir posé à côté des oignons et sortit en trombe du bordel. Elle se dirigea en courant chez Haldebarde quand elle fit brusquement demi-tour et revint devant la porte du bordel.

– À ma voix seule, tu ouvriras.

La porte du bordel fit grincer ses gonds et se verrouilla. Elle se mit en mode pause et le bois devint froid, très froid, comme du métal gelé. Nul ne pouvait désormais entrer et nulle ne pouvait sortir. Si l'attaque du château n'était pas repoussée, Mme Catherine savait pertinemment ce qu'il adviendrait de ses filles. Sorcellerie est mère de sûreté. Elle reprit sa course et arriva essoufflée chez Haldebarde. Elle tambourina de toutes ses forces.

– Eh ben Mme Catherine, c'est quoi tout ce tintouin ? s'amusa-t-il.

Mme Catherine, à bout de souffle, lui tendit le parchemin.

– Nom de Dieu, de la marmelade d'orange, putain, l'heure est grave ; entrez, je vais chercher mes armes.

Eh oui, innocent lecteur, Hexerine déteste la marmelade d'orange : ça colle aux chicots. Il fila dans l'arrière-salle et laissa en plan son petit-déjeuner, le troisième de la matinée. Mme Catherine admira son intérieur. Des armes, des armes et des armes. Il était maître d'armes et spadassin à ses heures. Une chance qu'il soit rentré ! Et si Hexerine avait mentionné son nom, c'est que la situation allait être bien moisie.

– Mangez, pendant que je finis de me préparer, apparemment on va déguster. Ne jamais avoir le ventre creux si on doit trancher les chairs !

Mme Catherine goba quelques raisins.

– Et pas de fruits, hein, je vous connais, lança-t-il depuis l'autre pièce.

Prise en faute, Mme Catherine mordit dans un morceau de poulet.

– Voilà, je suis prêt.

Il se dirigea vers la table et prépara des en-cas. Il mit du poulet dans du pain avec une sauce rouge et du fromage tout plat.

– Ça fait un repas complet. On va manger en route.

Ils sortirent et Haldebarde siffla son cheval. Ce dernier avait une particularité physique, à laquelle il s'était habitué, il était violet, victime des pastilles d'Hexerine. Le cheval souffrait de migraines violentes et Hexerine lui donna à boire une mixture qui eut pour effet secondaire le changement de couleur de robe. C'est, cependant, grâce à lui qu'elle découvrit que les potions pouvaient, selon les individus, avoir des effets secondaires. Merci les migraines. Son maître ne le laissa pas tomber malgré sa différence et prit pour habitude de trancher la tête de tous ceux qui se la payaient de son cheval.

– Où est votre canasson ? demanda Haldebarde.

– Nan, mais je vais vous suivre en courant.

– Et arriver le ventre vide sur un lieu de bataille ? Que nenni.

Il siffla et un magnifique étalon noir zébré de blanc arriva.

– Ouah, il est beau, dit Mme Catherine. Les zébras, c'est une pastille ?

– Nan, c'est un cheval de tournoi. Son chevalier l'a laissé trop longtemps au soleil sans lui retirer son équipement. Bronzage partiel. Du coup personne n'en veut.

– Eh ben moi, il me va.

– Montez.

– Nan, mais je vais le tenir par la bride.

Haldebarde, monté sur son cheval violet, s'approcha de Mme Catherine, l'attrapa par le cou :

– Écartez les cuisses !

Mme Catherine grogna, mais fut posée avec délicatesse sur le cheval. Les chevaux partirent au galop tandis que les deux compères mangeaient leur poulet sauce barbaque. À leur arrivée, ils furent estomaqués.

– La vache ! s'exclama Haldebarde.

– Pas mieux, dit Mme Catherine.

Le spectacle était impressionnant. Une horde de pillards, collés serrés tellement ils étaient nombreux, faisait le pied de grue devant le château. Dans le fond — comprendre au pied des douves — certains tentaient d'atteindre le pont-levis. Mme Catherine et

Haldebarde virent même que l'on finissait de monter une catapulte.

– Bon sang de bois, dit Haldebarde.

– Pas mieux, fit en écho Mme Catherine.

Ils virent un pillard monter dans le panier. La corde fut coupée.

SPLAAAAAAAAAACH !

En plein sur le pont-levis relevé. Un autre pillard se plaça dans le panier, on réajusta et

SPLAAAAAAAAAAACH !

– À ce rythme-là, ils vont redécorer les remparts, dit Mme Catherine.

– Ou remplir les douves, ajouta Haldebarde.

Les pillards avaient beau réajuster le réajustable, systématiquement ils finissaient éclatés sur les remparts ou dans les douves.

– Bien fait, dit une grenouille passant par là. Elle était tellement contente de voir des humains finir comme des grenouilles un jour de grande migration estivale qu'elle se gonfla, gonfla et finit par éclater. Merde, fut son épitaphe. Hexerine, du haut des remparts, vit ses amis à l'orée de la forêt. Elle se tourna vers le gamin pour demander confirmation.

– Fais deux tubes avec tes mains et mets-les devant tes yeux.

– ???

– Ne discute pas, fais ce que je te dis.

Le gamin s'exécuta.

– La tache de couleur dans le fond, c'est Catherine ?

– Ouah ! fut la seule réponse obtenue.

Elle donna une tape sur la tête du gamin.

– Aïeuh. Oui, c'est votre copine. Comment que ça se fait que je vois si loin ?

– Effet d'optique. Tu peux même zoomer pour mieux voir.

Le gamin était épaté. Il se promit de faire bon usage de cette découverte notamment en allant se planquer à proximité du lavoir pour observer les filles.

Il reçut une nouvelle tape sur la tête.

– Aïeuh.

– Même pas en rêve, lui dit Hexerine.

Le gamin rougit.

– Mon Dieu, s'écria la princesse.

Elle avait écouté et avait, elle aussi, mis ses mains en tube devant ses yeux.

– Quoi ? questionna Hexerine.

– Votre amie ?

– Ben quoi ?

– Vous avez vu sa tenue ?

– ????

La princesse décrivit :

– Pourpoint violet, chausses jaunes et brodequins verts !

– ???

– Les couleurs, insista la princesse. Ce n'est pas possible une telle faute de goût !

Hexerine était abasourdie. On était assiégé et la princesse lui faisait l'article de mode ! Vraiment des quiches ces princesses ! Elle se recentra sur Catherine et allongeant les deux bras perpendiculairement devant elle, elle plia les coudes et les rabaissa. Elle fit ce geste jusqu'à ce qu'elle constate que Catherine avait compris.

– Faut qu'on aille devant le château, dit Mme Catherine indiquant Hexerine.

– Ben, falloir se tailler un chemin, dit Haldebarde.

– Apparemment, c'est ce qu'elle attend.

Ils descendirent de cheval, prirent leurs armes respectives : la massue et l'épée pour Haldebarde et le hachoir pour Mme Catherine.

– Prête ?

Mme Catherine fit oui de la tête.

– Alors c'est parti.

À cet instant deux choses se produisirent. La première fut que la dernière ligne de pillards s'aperçut de la présence des deux compagnons derrière eux.

– Regardez-moi ça, dit l'un d'eux. On a des spectateurs ! S'approchant de Mme Catherine, il ajouta : faudrait pas traîner par-là, ma p'tite dame, ou alors c'est qu'on aime le danger.

Mme Catherine ajustant son pourpoint ne fut nullement impressionnée.

Le pillard s'approcha de plus près :

– Dis donc mijaurée, j'te cause.

TCHAAAAAAAC

Et une gorge tranchée une.

– Désolée, Haldebarde, je ne savais pas si je pouvais commencer.

– Z'inquiétez pas, ça lui apprendra la politesse.

Passé le moment de stupéfaction, les pillards du fond sortirent leurs armes et

TCHAAAAAC BRAOUM TCHAAAAAAC BRAOUM TCHAAAAAAAAAAAAC BRAOUM TCHAAAAAAAAC

Hexerine et Haldebarde commencèrent à se tailler un chemin dans la chair fraîche.

– Pardon, pardon, on voudrait passer, pardon, pardon, excusez-nous, merci, pardon.

La politesse avant tout. Le second événement eut lieu à senestre des douves, hors de la vue des pillards du devant qui tenaient un meeting pour trouver des solutions pour prendre le château.

– Nager dans les douves et creuser les fondations ?

Nager, certains avaient tenté, mais y'avait comme un bruit de succion bizarre et les malheureux avaient été aspirés. Bref, chacun y allait de ses suggestions et ne pouvait donc pas apercevoir leurs chevaux, proprement garés en ligne, le cul donnant sur le château, avec à leurs sabots des blaireaux sur lesquels montaient les uns après les autres des putois.

POC

La princesse se retourna et vit quatre putois étendus de tout leur long dans sa cour. Elle regarda Hexerine qui souriait, visiblement très satisfaite. Le gamin tapait des mains.

– Trop méga de la balle ! Comme hier ? demanda-t-il plein d'espoir à Hexerine.

Elle hocha la tête et le gamin descendit à toute vitesse dans la cour pour gérer l'amoncellement de putois. De leur côté les chevaux, sous les ordres de Julot, donnaient les ruades en cadence et balançaient les putois de l'autre côté des remparts. Une bonne centaine s'affala ainsi dans la cour. Le p'tit con arriva sur ces entrefaites couvert de plumes.

– J'ai fini.

– Bon, tu vas aider ton frère à charger les putois.

– ???

– Gamin, montre-lui, dit-elle en lui donnant un sachet de pastilles.

Le gamin prit un putois, le gava d'une pastille, enfila la gueule dans la pompe à eau de la cour, le gonfla comme une outre et…

– Pose-le délicatement à côté et fais des piles, dit Hexerine interrompant son geste. Il faut les utiliser au bon moment.

Elle rejoignit la princesse fortement dépassée par les événements tandis que les deux morveux se chamaillaient pour savoir qui allait pomper. Elle observa la tranchée que se fabriquaient ses renforts.

– Tssss, dit-elle mécontente.

– Quoi ? fit la princesse inquiète.

– Non, c'est que Catherine ne sait pas couper droit.

– ???

– Le chemin est pas très droit.

– C'est grave ?

– Non, c'est moche c'est tout.

Cela dit, elle se dirigea vers les cuisines pour chercher deux gardes afin d'abaisser le pont-levis. Mme Catherine et Haldebarde, pendant ce temps, taillaient des costumes quand soudain :

– Nom de Dieu, c'est quoi ça ? hurla Haldebarde.

– Quoi ? dit Mme Catherine s'interrompant.

– Ce que vous portez là, cria-t-il la montrant du doigt

– Ben un pourpoint, un peu sale il est vrai, mais…

– Nan dans la main !

– Euh, une oreille visiblement regardant l'objet sanguinolent.

– Putain, l'autre main !

– Mon hachoir, dit-elle exhibant fièrement l'objet.

- STOOOOOOOOPPPPP, cria Haldebarde.

Tout le monde se figea.

– Temps mort !

– ??? firent les pillards.

– Pause, traduisit Mme Catherine.

– Ah d'accord.

Certains s'assirent devisant de choses et d'autres, d'autres se dégourdirent un peu les bras ou les jambes en fonction des morceaux qui leur restaient.

– Bordel ! Vous appelez ça une arme !

– Oh ben quand même oui ! Elle a été plutôt efficace non ? dit Mme Catherine en se retournant.

Les pillards acquiescèrent. Il est vrai que la tranchée se situant derrière Haldebarde et Mme Catherine était assez impressionnante.

– Non, mais je rêve ! Qui a été votre maître d'armes ?

– Euh vous ?

– Et je vous ai appris à vous battre avec un hachoir peut-être ?

– Non, mais…

– Y'a pas de mais ! Vous salopez le travail !

– Oh ben non quand même, les coupures sont nettes, hein, dit-elle cherchant du regard l'approbation des pillards.

– N'importe quoi. Haldebarde siffla son cheval.

– Oh putain ! s'exclama un pillard. C'te denrée !

TCHAAAAC

– Tenez-le-vous pour dit : Haldebarde n'aime pas qu'on se moque de son cheval, dit Mme Catherine sur un ton de maîtresse d'école. Se moquer de la différence, c'est pas bien.

– Oui Madame, répondirent les pillards.

Haldebarde fouilla dans son sac et

– AAAAAAAAh, voilà !

Il tendit deux haches à Mme Catherine, une petite et une plus grande et large.

– Un volontaire ? demanda-t-il à l'assemblée.

Un pillard se leva sous les applaudissements de ses camarades.

– Qu'esss qui foutent, se demandait Hexerine du haut des créneaux, pourquoi ça trucide plus ?

– Merci au gentleman de s'être porté volontaire.

– Normal, si ça peut aider.

– Donc voilà, dit Haldebarde commençant sa démonstration, avec celle-là

SPROUT

– J'éviscère et avec celle-là

TCHAAC

– Je tranche. Un autre volontaire ?

Un autre pillard se leva toujours sous les applaudissements.

– SPROUT, j'éviscère, TCHAAC, je tranche. Compris ?

– Oui, oui, firent les pillards.

– Pas vous, bande de tarés, je parle à la dame.

Mme Catherine fit oui de la tête. Elle prit les deux haches et répéta :

– J'éviscère, je tranche, j'éviscère, je tranche

Voyant qu'elle semblait avoir compris, Haldebarde chopa un pillard par le colback et le présenta à son amie.

TCHAAC SPROUT

– Nan, nan, nan, c'est l'inverse.

– Ah oui pardon.

– On recommence. Il rechopa un pillard et le présenta à Mme Catherine.

SPROUT TCHAAC

– Voilà, c'est ça, allez, c'est reparti.

Haldebarde et Mme Catherine reprirent donc le taillage des haies.

– Pardon, excusez-nous, pardon, merci, pardon, SPROUT TCHAAAAAC BRAOUM SPROUT TCHAAAAAAC BRAOUM SPROUT TCHAAAAAAAAAAAAC BRAOUM SPROUT TCHAAAAAAAC

Hexerine respira quand elle vit de nouveau les cadavres s'amonceler.

– Pfouf m'ont foutu les j'tons les deux. Bon alors ce pont, il s'ouvre ? fit-elle à l'adresse des deux gardes.

– C'est coincé, dit le garde.

– Comment ça, coincé ?

– Ben comme coincé quoi, ça bouge pas. Y' a un truc qui coince.

– Un truc qui… Hexerine se pencha par-dessus les créneaux. Ah merde, c'est des pillards dans l'engrenage. Fait chier.

Remarquant que ses amis avaient rattrapé leur retard, elle réfléchit, vit que les gamins avaient presque fini et courut à la cuisine, plantant la princesse livide derrière ses créneaux. Lorsqu'elle arriva, le chevalier en armure était prêt au combat. Il finalisait son action.

– Que ?

– Rien, je viens chercher les crapauds.

– ???

– Truc de fille.

Le chevalier lança un dernier regard méprisant à la vieille et se concentra sur son plan d'attaque. Hexerine attrapa les crapauds et leur glissa discrètement :

– Faites-moi venir tous vos potes !

CRÔACRÔOOOOOOOOOOOOOOOOOAAAAAAAAAAAAA AAAAAAAAAAA, beuglèrent-ils.

Hexerine retourna aux remparts tandis qu'Haldebarde et Mme Catherine étaient arrivés aux pieds des douves.

– Vous pouvez tenir un peu, on a un léger problème d'engrenage, leur cria-t-elle.

– Pas de souci, j'ai pris le rythme, lui lança Mme Catherine par-dessus son épaule. J'éviscère, je tranche, j'éviscère, je tranche.

Les pillards du devant observèrent les deux compagnons, couverts de sang, et d'autres trucs humains. Un vent de panique parcourut les rangs.

– Allons amis ! Ils ne sont que deux, nous sommes trois mille et

– Plus tout à fait, l'interrompit un pillard, à vue de nez je dirais deux mille six cent quarante-sept.

– Bon, reprit celui qui semblait être le chef, nous sommes deux mille six cent quarante-sept et

– Non deux mille six cent quarante-six et demi au temps pour moi.

– Nous sommes deux mille six cent quarante-six et demi et……. c'est quoi ce calcul de merde ?

– Un cul-de-jatte

– Ah pardon. Donc nous sommes… plus nombreux, ils ne sont que deux.

– Oui, mais quand même.

Sentant que l'effroi risquait de tout foutre en l'air, le chef eut l'inspiration :

– Chance du débutant.

Chez les pillards, tous les survivants connaissent la chance du débutant.

– Ah ben oui, c'est vrai, entendit-on dans les rangs.

– Allez, les gars, on va leur exploser la tronche à ces macaques.

– OUAIS HOURRA

Pendant ce discours fédérateur, un monceau de crapauds pustuleux à souhait envahit le château.

– Entourez vos mains de linges, un crapaud, c'est cracra. Gamin, tu les gonfles et…

– Comment ?

– Ben tu leur souffles dans les fesses avec cette pipette, balança Hexerine comme si c'était une évidence.

– Cool

– Après, tu nous les passes et nous, dit-elle à l'adresse de la princesse et du p'tit con, on leur balance dans la tronche. Surtout visez le visage, hein et prenez-les sous le ventre ! Mais visez bien le visage, hein ?

Les deux soldats improvisés se tinrent prêts.

– Catoche !

– Ouais ? !

– Mets-toi en retrait, et si vous pouviez m'enlever la cochonceté qui gêne le pont…

– Ça roule ma poule, dit Haldebarde.

– À mon signaaaaalllll… Planquez-vous !

Mme Catherine courut dans les douves tandis qu'Haldebarde hésitait entre rien et rien.

– Dans les douves, hurla la princesse, vous avez pied !

Haldebarde, rassuré, sauta et eut pied. Mme Catherine le rejoignit et tous deux commencèrent à inspecter le pont.

– C'est deux pillards coincés sur les côtés, cria Catherine.

– Tu peux les enlever ? hurla Hexerine balançant des crapauds.

Mme Catherine interrogea Haldebarde du regard :.

– Apparemment oui.

– Vas-y, mais grouille, je n'ai pas assez de munitions, les crapauds, ça ne se recharge pas.

PLOCH

Les crapauds avaient deux particularités en plus d'être moches : ils collaient et surtout leurs pustules renfermaient un venin diffuseur d'une maladie : la pécole. Les pillards se prirent les deux.

Le AAH de dégoût se mêla au AAARRRGGGH de souffrance.

– Il leur arrive quoi ? demanda la princesse.

– Le venin des crapauds !

– ???

– Ça donne la pécole ! dit-elle fièrement.

– ?????

– La peau des fesses qui se décolle, expliqua Hexerine. On ne vous apprend pas les choses de la vie à l'école des princesses ? !

– Gnagnana, fit la princesse retournant à son lancer de crapaud.

Hexerine sourit.

– Tiens dans ta gueule, blaireau !

Le p'tit con interrompit son geste :

– Ben maman !

– Oui quoi ? C'est bon hein ? ! Je m'adapte à la situation, répondit la princesse.

Haldebarde malgré sa grande taille n'atteignant pas l'objet du délit, Mme Catherine dut monter sur ses épaules.

– Alors ? demanda-t-il.

– Alors là, c'est la tête du gars qui gêne.

– Faut la décoincer alors.

– C'est ça.

– Tenez, prenez ça, dit-il tendant une hachette. Et pas de blague, on ne salope pas le travail, hein ?

– Oui, oui, entre les cervicales, ça, je me rappelle.

TCHOUC

Le torse se détacha de la tête et tomba dans les douves. Un bruit de succion se fit entendre.

– C'était quoi ?

– Chais pas, dit Mme Catherine occupée à racler la tête. Elle ne vient pas.

– Prenez ça et enfoncez-le dans le cou puis tirez d'un coup sec vers le haut.

Mme Catherine prit le poignard, le planta dans le cou, tourna et

CHTOC

La tête vola et passa juste devant les yeux de la princesse.

– Hexe…

– C'est rien, c'est la Catoche qui nettoie.

– Bon là, c'est fait, dit Mme Catherine.

Haldebarde se déplaça de l'autre côté, Mme Catherine toujours en équilibre sur ses épaules.

– Bon ben là, je ne vois rien, y'a des boyaux qui gênent. Elle mit ses mains à l'intérieur et tira.

– Ouah, ça sent trop mauvais ! Encore un qui mangeait pas sainement.

Elle dévida les boyaux et les jeta dans les douves.

– Ah bon, je vois une main… non un pied… non une main qui tient un pied. Bizarre comme position.

– Encore un qui a fait son mariole en faisant une figure une fois en l'air.

– C'est trop loin pour que je l'atteigne. HE XE RI NE, cria-t-elle.

– Ouais ?

– Y'a un pied et une main, mais je n'arrive pas à les atteindre !

– Attends, je t'envoie un crapaud. Passe-moi un crapaud gamin, merci.

Elle donna une pastille au crapaud, descendit le remplir d'eau, le secoua et remonta aux créneaux.

– Attrape, vise et appuie. Fais gaffe, ça pique.

Elle jeta le crapaud, décontenancé, et attendit. Mme Catherine appliqua les instructions à la lettre.

– Ça marche ! C'est dingue ton truc !

– Dissolvant, cria-t-elle.

– Je fais quoi du crapaud ?

– Balance-le dans les douves.

– Ok. C'est bon, c'est tout nettoyé !

« Tant mieux » dit Hexerine soulagée, car il ne restait plus que trois crapauds.

– On va faire une sortie, planquez-vous, ça va danser ! cria-t-elle à Mme Catherine.

Se tournant vers le p'tit con :

– Va au pigeonnier et à mon signal, tu ouvres la cage aux oiseaux.

Le p'tit con, qui trouvait la situation fort amusante, obéit et partit en courant.

Au gamin :

– Toi, tu nous lances les putois quand je te le dirai.

– Nous ? interrogea la princesse.

– Tu vois quelqu'un d'autre ?

La princesse, férue de princes charmants et de chevaliers valeureux se précipita aux cuisines. Hexerine souffla « Putain de guimauve ». Elle descendit et dit aux gardes :

– À mon signal, vous abaissez le pont.

– Mais il est coincé.

– Nan, il est plus coincé.

Les gardes haussèrent les épaules et se mirent en position, de toute façon, ça ne servirait à rien vu que le pont était coincé. La princesse revint furibarde.

– Fait des plans de stratégie de sortie ? dit Hexerine.

La princesse ne prit pas la peine de répondre et s'empara d'un putois. Elle se plaça aux côtés d'Hexerine.

– Princesse, ce n'est pas une bonne idée, osa un garde. C'est la guerre dehors.

– C'est pour ça que vous êtes à l'intérieur du château et non sur les créneaux à cribler de flèches nos assaillants.

Elle leva puis abaissa le bras. Le p'tit con ouvrit grand les portes du pigeonnier. Une foultitude de colombes et pigeons s'échappa et se mit à déféquer sur les pillards. Normal. Pilule laxative. Ces derniers avaient repris du poil de la bête quand ils avaient constaté que Catherine et Haldebarde restaient dans les douves et que les créneaux étaient désertés.

– Regardez les gars ! Ils renoncent ! On a gagné !

– HOURRA HOURRA HOURRA

– Hourra bien qui hourra le dernier, dit Hexerine tandis que les fientes tombaient et le pont-levis s'abaissait.

IKK IKK IKK IKKK

– Oh crotte, il grince, dit Mme Catherine.

– Ça, c'est un os qu'est resté coincé. À l'oreille, je dirais un maxillaire. Droit même. Ce n'est pas grave, l'os, ça se broie, expliqua Haldebarde.

IKKK IKKK IKKK

– Ahahahaha, tu crois quoi du château ? ! Que tu vas nous arrêter avec de la fiente ?

AAAHHAHAHAHHAH, l'hilarité fut générale. Les deux mille cinq cent quarante-six pillards, oui les crapauds avaient eu leur effet, étaient couverts de crottes, mais fiers d'eux.

– Allez, les gars, le cri de guerre !

– TAÏAU TAÏAU.

– Ferme ta gueule répondit l'écho.

– Mireille, dans ta ruche ! On n'est pas dimanche !

Le p'tit con rejoignit sa mère avec un putois sous le bras. Il n'était pas question que sa mère fasse mieux que lui ! C'était une femelle donc un inférieur !

– Bon, je rappelle : on lève la queue, on vise et on appuie. C'est clair pour tout le monde ?

Les trois héros firent oui de la tête. Le pont s'abaissa entièrement. Les trois putois-boys s'avancèrent dans la lumière du jour.

AHAHAHAHAHAHAHAHAHAHHAHAHAHAHAH

– Regardez les gars, ils sont trois ! Une vieille, un marmot et oh, celle-là, elle est pour moi !

– Eh ben et nous ! rouspéta Mme Catherine sous le pont.

– T'inquiète, lui cria Hexerine, je vais t'en laisser.

– Ah ben oui, j'espère bien, maintenant que j'ai compris la technique !

– À trois, UN, DEUX,

– TROIS, fit le pillard le plus proche.

– Si tu le dis !

Les queues des sconses se levèrent et les défenseurs du château aspergèrent les pillards. Et là on entendit :

PSCHIIIIIIIIIIIIIIT PSCHIIIIIIIIIIIIIIT PSCHIIIIIIIIIIIIIIT

Ce fut un ballet incessant de putois qui entraient et sortaient. Le gamin lançait les putois, les rechargeait aidé par son frère dont la place fut prise par Haldebarde et Mme Catherine venus prêter main-forte à Hexerine qui voulait gagner du temps, vu qu'elle n'avait pas encore rangé ses courses. Les deux gardes, stupéfaits, virent neuf cent quatre-vingt-sept pillards se dissoudre. Les quatre

« moufetaires » s'avançaient dans les rangs des pillards qui s'amenuisaient fortement, aspergeant encore et encore.

– Y'en a pu ! hurla le gamin

– Et voilà le travail. Bon, ben, c'est à vous, dit Hexerine à Catherine. Elle s'éloigna du champ de bataille avec la princesse. Haldebarde et son amie récupérèrent leurs armes et taillèrent en pièces détachées et détachables les cinq cent cinquante-neuf pillards et demi restants.

– Je tranche, j'éviscère, je…

– Non, non, s'arrêta Haldebarde, c'est l'inverse.

– Ah oui flûte. Mais en fait ça change quoi ?

– Ben, ça ne sert à rien d'éviscérer si vous tranchez, il est mort ! Tandis qu'avec l'éviscération, il doit lâcher son arme pour retenir ses tripes.

– À la mode de Caen !

– Mireille, ta gueule.

– Logique. J'éviscère, je tranche, j'éviscère, je tranche.

– Tu es « hachement » douée, lança Hexerine amusée et fière de son jeu de mots.

– T'as vu ça hein ? dit Mme Catherine se retournant et faisant un signe à son amie. Bon j'en étais où ? Ah oui, je tranche.

– Non, non, non, ronchonna Haldebarde. Hexerine ne la perturbez pas, elle perd le fil et après elle déshonore le boulot.

– Oups pardon, fit Mme Catherine à la tête qui venait de tomber.

– Y'a pas de mal, je comprends quand on débute c'est jamais simple, répondit la tête.

Oui, même sur un champ de bataille, il faut rester correct. Haldebarde et Catherine tranchaient, éviscéraient encore et toujours quand le chevalier sortit du château.

– À l'attaque marauds ! Vous n'aurez pas l'Alsace et la Lorraine ! Sus à l'ennemi.

Ennemi qui se trouvait être au nombre de… trois, non deux, non un. Ah ben y'en avait plus. La princesse soupira.

– Mais, mais, mais ma mie, qu'est-ce…

La princesse montra Hexerine du pouce.

– ???

– Ils sont acidulés, expliqua Hexerine. Coca et fiente ! Imparable.

C'est alors qu'un troupeau de putois sortit en trombe du château. Roméo, en plein milieu, tenta de les éviter. En revanche, il ne put éviter le blaireau mâchouillant une pastille.

– Tous aux abris ! s'exclama Hexerine. Grouillez !

Ni une ni deux, les défenseurs se jetèrent dans les douves. Le blaireau victime d'une douleur inattendue leva la queue en direction du chevalier. On entendit :

PROUUT

Et un nuage de fumée épaisse entoura le chevalier.

– Oh mon Dieu, ô ma mie, ô rage, ô désespoir, ô puanteur ennemie

Hexerine regarda la princesse et dit :

– Pastille pas bonne pour les blaireaux… Effets secondaires nucléaires…

La princesse sourit.

– On va rester longtemps dans l'eau ? demanda le gamin.

– On va attendre que le nuage passe.

– P'tête qu'il va s'arrêter aux remparts ? tenta le p'tit con.

– Tu sais un nuage, ça ne s'occupe pas des frontières, ça passe.

Et l'avenir le prouvera. Nos amis sortirent des douves et constatèrent qu'un prout de blaireau laissait des traces… La princesse, les yeux pétillants, fit une moue désapprobatrice.

– Ma mie, je…

Regardant le champ de bataille et ignorant son amoureux, elle se tourna vers Hexerine :

– Que dois-je faire de tout cela ?

– Dans les douves.

– Mais ça va boucher les fossés ? !

– Nan, t'inquiète, dans les douves, je te dis. Elles sont profondes.

– Et qu'allez-vous faire maintenant ? demanda la princesse afin de retarder le moment de la séparation.

– Rentrer ranger mes courses.

Haldebarde siffla alors son cheval.

– Mais il est ?

– Violet, oui.

La princesse regarda Hexerine laquelle eut un geste d'impuissance :

– Erreur de jeunesse.

– Bon ben ma grande, ce n'est pas tout ça, mais le soir tombe et la maison ouvre ses portes bientôt, dit Mme Catherine en serrant très fort Hexerine.

– Noooooooon, vous allez…

– ???

– Salir sa robe, finit par dire la princesse.

– Et pis, dit Hexerine, une robe ça se lave… ou pas.

Mme Catherine prit son cheval par la bride.

– Mais il est…

– Zébré.

– Ça, ce n'est pas moi ! se défendit Hexerine.

La princesse secoua la tête et se demanda bien ce qu'elle venait faire dans ce conte de fées.

– Eh oh, vous faites quoi là, dit Haldebarde.

– Ben je rentre, c'te question, dit Mme Catherine.

– N'importe quoi. Haldebarde attrapa Mme Catherine par le cou. Écartez les cuisses ! Et la posa sur le cheval.

– L'exploit du siècle, Haldebarde ! Le premier gars à dire à Catherine d'écarter les cuisses et qui reste en vie ! Hexerine se tenait les côtes de rire.

– Oh ça va, grommela en riant son amie.

La princesse, amusée, rentra dans son château, accompagnée de ses enfants et du prince charmant recouvert d'excréments de blaireau. Hexerine, après un dernier signe en direction de son amie, reprit le chemin de la forêt accompagnée de Julot. C'est une Mme Catherine à la robe couleur sang, décorée de morceaux humains et un Haldebarde dans le même état qui firent leur entrée à Zattise Zeqwestchen. Personne, dans la rue, ne fut étonné, tout est possible à Zattise Zeqwestchen. Arrivée devant la porte du bordel, Mme Catherine marmonna :

– Ma voix te libérera.

Immédiatement, un bruit de verrou qui se déverrouille se fit entendre. La porte se réchauffa et Mme Catherine fit son entrée. Le bordel s'arrêta de respirer, les filles se figèrent devant le spectacle. Lili était bouche bée :

– Vous aviez dit que vous étiez en course, gémit la fillette.

– Mais c'est le cas, hein, Haldebarde ?

– Absolument.

Les regards de l'assemblée se fixèrent sur la montagne sise derrière la patronne.

– Par tous les saints ! jura Sapho. Un homme à la taille de Gudrun !

Entendant son nom, celle-ci sortit de sa chambre. Bouche bée.

– Au moins celui-là, dit Esméralda, on ne mettra pas deux jours à le chercher !

Haldebarde était lui aussi bouche bée.

– Mme Catherine… elle, elle, bégaya-t-il.

– Oui hein épatant ! dit joyeusement Mme Catherine. Mais attention, mon ami, ici, les filles choisissent les clients alors si…

– Moi, c'est Gudrun, chevalier, la coupa une Gudrun descendue en courant et tendant la main à Haldebarde.

– Haldebarde, dit timidement ce dernier.

– Oh c'est trop mignon, un grand timide, se gaussa Esméralda.

Gudrun lui tira la langue.

– T'inquiète ma belle, celui-là, on ne va pas te le voler !

– Ce n'est pas vrai, mais ce n'est pas vrai ! Suzy les mains sur les hanches râlait en voyant Mme Catherine.

– Quoi ? dit cette dernière.

– Comment ça quoi ? Vous avez vu dans quel état sont vos vêtements ! Mais c'est pas possible, vous gouttez en plus !

Une flaque de sang de plus en plus large apparaissait sur le dallage.

– Ce n'est rien, c'est que du sang, dit Haldebarde.

– Que du… Suzy s'étouffa.

– Nan, mais, ce n'est pas le nôtre, hein, nous, on va bien, pas vrai Haldebarde.

Ce dernier approuva du chef.

– Allez, allez, aux bains. Les hommes, c'est à dextre et Mme Catherine vous savez où c'est. Allez, on se bouge ! Lili nettoie, veux-tu, avant qu'ils nous salissent tout le hall.

– Rhoooo, fit Mme Catherine poussée par Sapho dans les bains.

Mme Catherine, debout au milieu de la salle des bains, faisait l'inventaire de ses décorations :

– Alors ça, c'est de la cervelle, montrait-elle fièrement à Sapho amusée. Ça, ça doit être du cerveau… ah non c'est du cartilage, mais de quoi, pfut, je n'en sais rien. Ça, c'est de l'os, ça… c'est ben… ça colle !

Elle n'arrivait pas à ôter ce petit morceau de gélatine blanc.

– Saperlotte, faisait-elle en secouant la main.

POC

Le morceau se colla au mur. Mme Catherine s'approcha pour l'enlever sinon Suzy allait encore piquer une crise et derechef il lui colla au doigt. De nouveau, elle secoua la main. POC, il se recolla au mur.

– Morbleu, c'est quoi ce truc.

Et voilà notre Mme Catherine jetant le morceau pour le retirer du mur.

– Vous avez vu ça ! Ça colle, c'est génial ! Ça colle ! On peut l'enlever et le remettre !

Une idée germa dans son cerveau.

– Du parchemin, donnez-moi un morceau de parchemin.

Sapho appela Lili pour qu'elle lui en ramène un bout. Une fois donné, Mme Catherine lança son morceau sur le mur et colla le parchemin dessus.

– Ça tient ! Noël ! Ça tient ! Elle s'avança pour le retirer et le fit sans problème. Oh non, mais c'est trop génial.

HE XE RI NE, cria-t-elle.

Un écran plasma descendit dans la cheminée. Sapho sursauta quand le visage d'Hexerine apparut.

– Quoi ? fit une voix peu amène. Ah c'est toi, j'ai cru que c'était encore un appel à la noix pour me vendre un équipement de salle de bains.

– Regaaarde. Mme Catherine fit sa démonstration sans le papier et avec le papier !

– Tudieu, où t'as trouvé ce truc ? dit une Hexerine enthousiaste.

– Sur mon pourpoint !

– Et c'est quoi ?

– Ben, je ne sais pas. HAL DE BAR DE, cria-t-elle.

– OUI ?

– J'AI TROUVE UN TRUC SUR MON POURPOINT, C'EST
GÉNIAL, MAIS JE SAIS PAS CE QUE C'EST.

– ÇA RESSEMBLE A QUOI ?

– À RIEN.

Mme Catherine allait sortir de la pièce quand Suzy s'interposa.

– C'est pas vrai, vous n'êtes pas encore dans l'eau ?

– Mais euh, je dois montrer un truc à Haldebarde.

Suzy arracha le morceau des doigts de la patronne et se dirigea au pas de charge vers Haldebarde en grommelant que « c'était pas un bordel, mais un asile pour aliénés du cerveau ».

– À VUE D'ŒIL JE DIRAIS UN INTESTIN après un instant de silence AU GOÛT JE DIRAIS INTESTIN GRÊLE.

– C'EST LEQUEL ?

– LE PLUS LONG.

– MERCI.

– DE RIEN.

– T'as entendu ?

– Oui et ma vieille de ces machins-là, on en a un champ complet ! dit Hexerine. Mme Catherine et elle venaient de trouver le nouveau produit que chacun s'arracherait à Zattise Zeqwestchen.

– Demain aux aurores ? dit Mme Catherine.

– Ça roule ma poule, on se rejoint là-bas. Et va te laver, là t'es un peu cracra.

– Rhoo, c'est toi qui me dis ça ! se moqua Mme Catherine.

– J'ai pas de morceaux humains sur moi, moi.

Mme Catherine envoya un bisou à Hexerine et l'écran remonta. Sapho était assise, les jambes coupées par ce qu'elle venait de voir.

– Quoi ? dit Mme Catherine. Communication digitale.

– Non, ce n'est pas ça, dit Sapho.

– ???

– Un pourpoint violet avec des chausses jaunes, ça, ce n'est pas possible, dit Yselda qui venait d'entrer, franchement pas possible !

Mme Catherine se regarda et ne voyait pas où était le problème.

– Oui ben comme ça Haldebarde ne m'a pas confondue avec des pillards ! J'ai toujours ma tête !

Mme Catherine tenta d'ôter ses vêtements, mais rien n'y fit.

– Merde, c'est trop lourd. HAL DE BAR DE ?

– OUI ?

– COMMENT AVEZ-VOUS RETIRÉ VOS VÊTEMENTS ?

– J'AI COUPÉ.

– Ah ben oui forcément.

Yselda soupira et alla chercher Margaux.

– Margaux, tu peux venir trancher les vêtements, ils sont trop lourds à retirer apparemment, s'il te plaît…

En un tour de hachoir, Mme Catherine fut libérée de sa gangue de sang et autre si affinités.

– Aaaah, merci Margaux, plus ou moins satisfaite de récupérer son hachoir qu'elle soupçonnait d'être émoussé.

Mme Catherine se dirigea vers le baquet. Sapho était en train de vérifier la température.

– Attendez, il est froid.

– Fais voir, non il est parfait, dit la patronne.

– Mais il est.

– Je n'aime pas quand c'est trop chaud. Mme Catherine entra dans l'eau.

PSCHIIIIIIT

Un voile de vapeur envahit la pièce.

– AAAAhhhh, parrrrrrfffffaaaaaaaaait, dit Mme Catherine avec volupté.

Sapho sortit en secouant la tête. Décidément la patronne était trop barge. Mme Catherine fredonnait dans son bain et se frottait énergiquement le corps parce que le sang, ça fait des grumeaux. Une fois sûre d'être de nouveau humaine, elle sortit de l'eau, enfila son panty puis sa chemise. Évidemment, elle avait encore oublié de la délacer ce qui fait qu'elle se retrouvait coincée version enfilage de taie d'oreiller. Sapho, revenue voir si tout allait bien, se porta à son secours. En s'approchant, elle vit la cicatrice sous le sein gauche.

– Vous êtes blessée !

– Blessée ? Ou ça ?

Sapho lui indiqua le sein gauche.

– Ah ça. Non, mais c'est vieux, j'ai dû faire une fausse manipulation, rien de grave.

Sapho glissa sa main sous la chemise, posa son doigt sur la cicatrice qui se mit à saigner et à brûler Mme Catherine. Celle-ci grimaça, mais serra les dents.

– Ça pique un peu quand même.

La catin porta la goutte de sang à sa bouche puis colla ses lèvres à celles de Mme Catherine. Le temps s'arrêta. Dehors aussi le temps s'était arrêté. Haldebarde, récuré de fond en comble, était debout sur le perron et discutait avec Suzy quand Robert et Larousse firent leur entrée.

– Mme Catherine vous a dit de plus venir, dit Suzy.

– On a rendez-vous !

– Ça m'étonnerait !

– Yselda et Adalinde nous attendent !

– Personne ne vous attend ici, dit Suzy.

– Un problème ? demanda Haldebarde.

– Oui. Ils ne doivent plus entrer ni parler aux jumelles.

– Z'avez entendu ! Alors, déguerpissez, tonna Haldebarde.

– C'est pas un péquenot qui va nous dire ce qu'on doit faire, lança Gros Robert.

– Ouais, compléta Petit Larousse.

Haldebarde descendit quelques marches et les deux comparses firent face à un Haldebarde gigantesque !

– En fait, voilà, tenta d'expliquer Petit Larousse.

– M'en fiche. La patronne a dit on ne passe pas, alors on ne passe pas.

– Mais euh.

Haldebarde se rapprocha dangereusement.

– Non, mais d'accord, bon, ben, bonne soirée hein ?

– Merci, Monsieur Haldebarde, fit Suzy soulagée. Je n'avais pas envie de voir Mme Catherine avec son hachoir ce soir.

– Si vous voulez, je vais rester. Ça me dérange pas, ajouta-t-il voyant le geste de gêne de Suzy. Si vous aviez juste une pinte pour m'ôter le goût dans la bouche…

Suzy appela Lili et ordre fut donné d'abreuver Haldebarde. La nuit était tombée quand, devant le bordel, Haldebarde laissait entrer ou pas les clients :

– T'as vu tes chausses ? Tu ne rentres pas !

Sur le chemin de ronde, la princesse entamait son quatrième tour et fixait désespérément la forêt. Pas de volutes de fumée ce soir. Elle éprouva un pincement au cœur. Au moment, où elle regagnait la porte du donjon, lorsqu'elle mit la main sur la poignée et qu'elle se retourna une dernière fois, elle vit une volute violette, puis jaune puis verte s'envoler dans les airs. Un sourire de soulagement éclaira son visage. Elle rentra se coucher en se disant qu'un autre lendemain s'annonçait à Zattise Zeqwestchen.

Du même auteur chez BOD

Les Contes de Zattise Zeqwestchen. Illustrations Alain Catherin.

Les Contes de Zattise Zeqwestchen, L'inquisiteur. Illustrations Alain Catherin.

5, rue des Aubépines, Paule, tome 1.

5, rue des Aubépines, Suzanne, tome 2.

5, rue des Aubépines, Suzy Suzette, tome 3.

Nouvelles pour une histoire revisitée.

Armande et la légende de Siméon.

Guenièvre et la loi du Talion.

Chez les éditions 12/21

Alea Jacta Est, prix Télérama Monuments Nationaux Château de Vincennes.